Hello and welcome

LONDON IS A FASCINATING PLACE AND IN THIS ACTIVITY BOOK YOU WILL BE ABLE TO DRAW, FIND, SEARCH AND COLOUR MANY LONDON THEMED ACTIVITIES INCLUDING STORY BASED MAZES- CHECK OUT OUR BACK PAGE FOR EXAMPLES

GRAB SOME COLOUR PENCILS, A PEN, PENCIL AND BE EXCITED TO COMPLETE THIS ACTIVITY BOOK.

ACTIVITIES INCLUDE
- STORY MAZES
- COLOURING PAGES
- WORD SEARCH
- DESIGN YOUR OWN
- DESIGN CHALLENGES
- MATHS WORKSHEETS
- AND MORE

THIS BOOK BELONGS TO

_____

CATCH THE ROBBER
BEFORE HE GETS AWAY

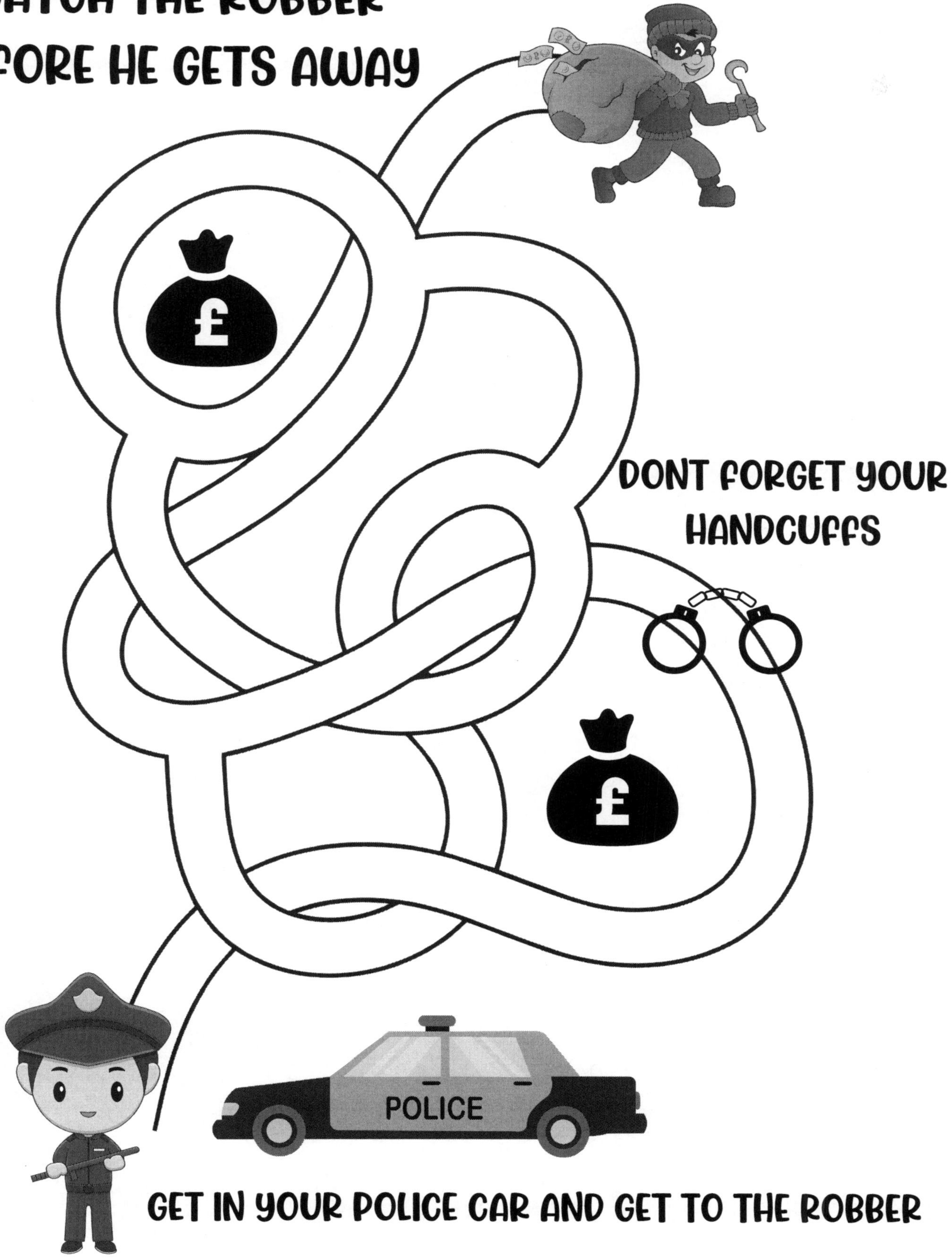
DONT FORGET YOUR
HANDCUFFS
POLICE

GET IN YOUR POLICE CAR AND GET TO THE ROBBER

BIG BEN V RED BUS

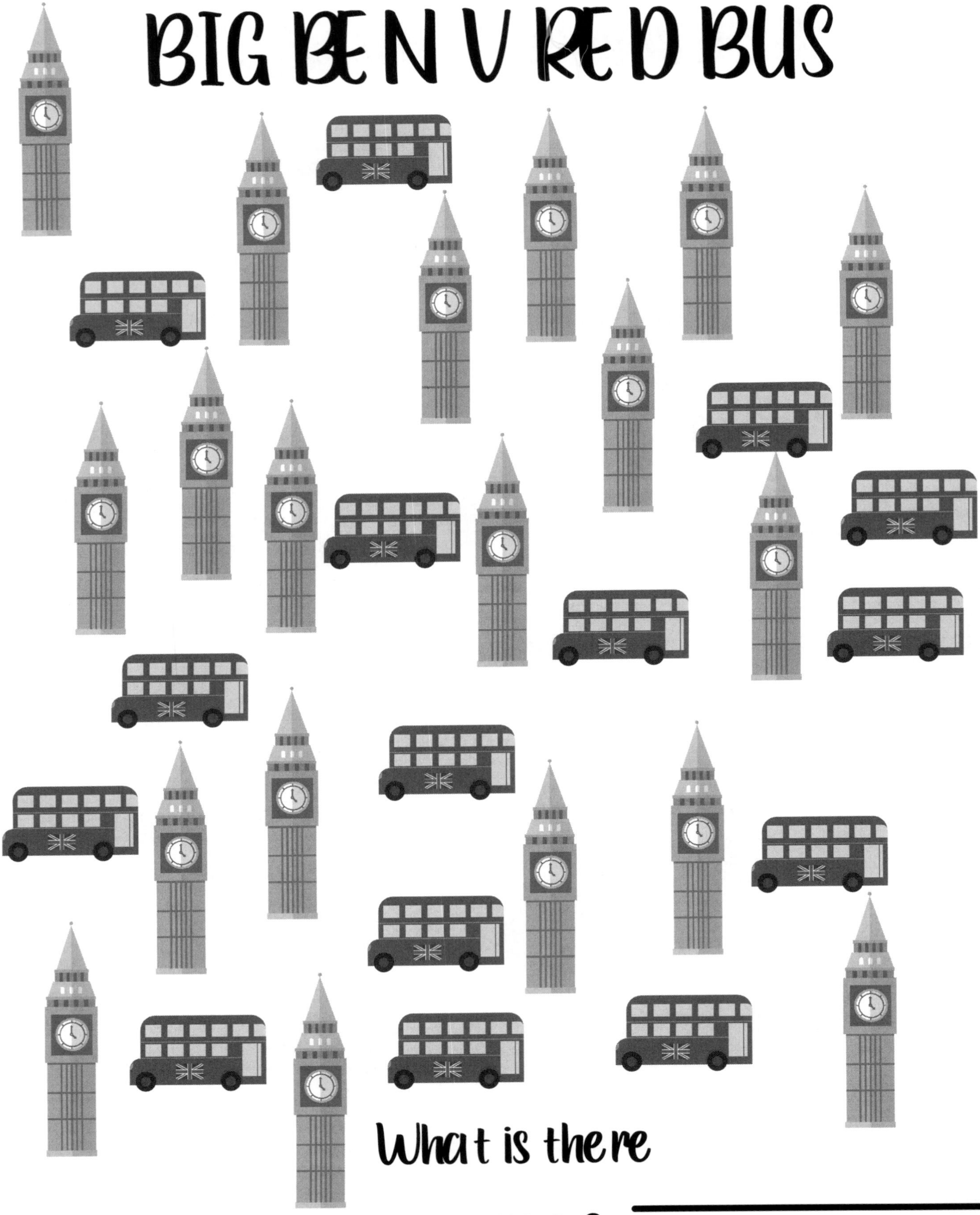

What is there more of ______________

FIND ALL THE ITEMS LINKED TO LONDON

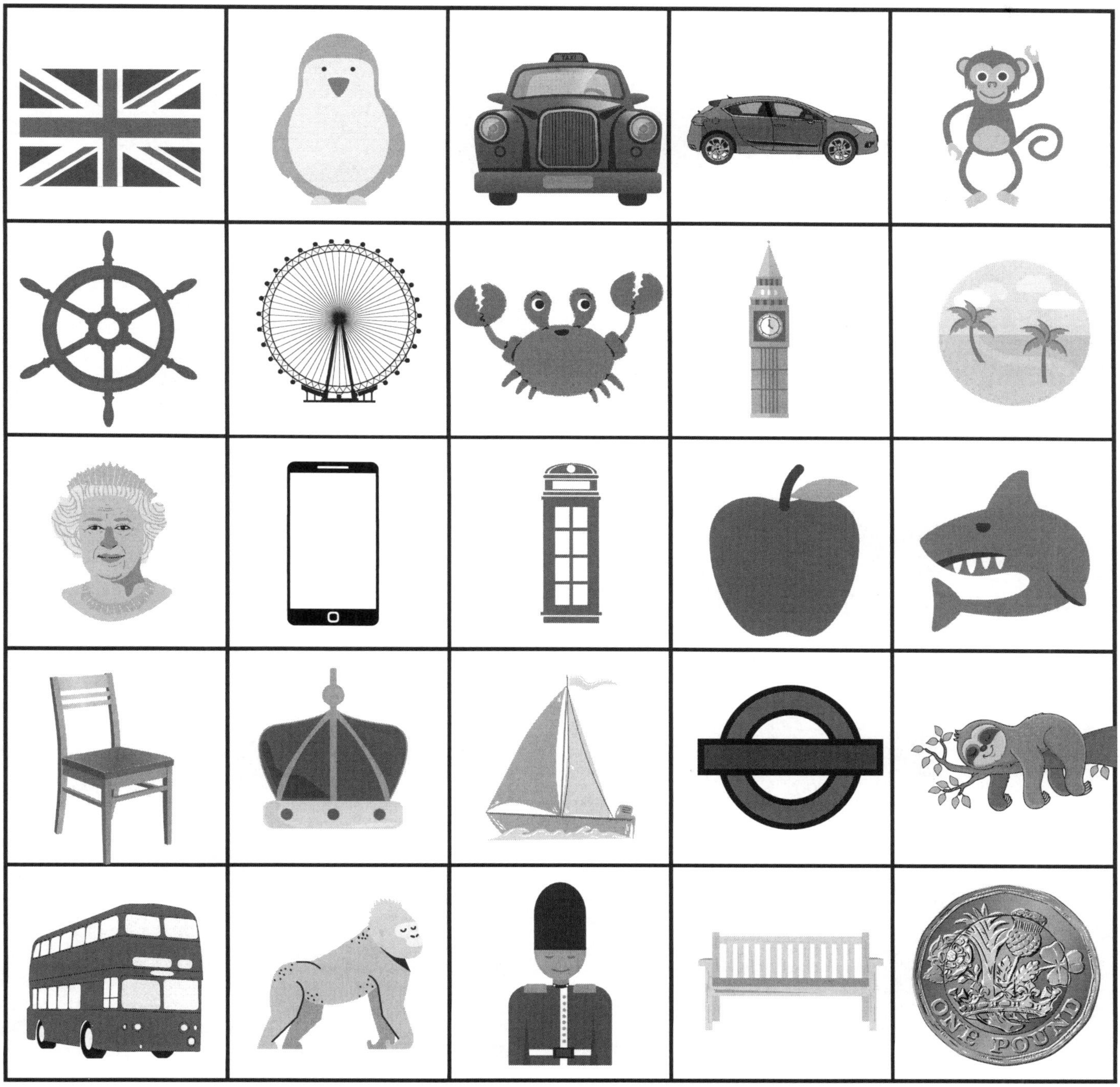
ONE POUND

THERE ARE 11 TO FIND

Design your own jumper

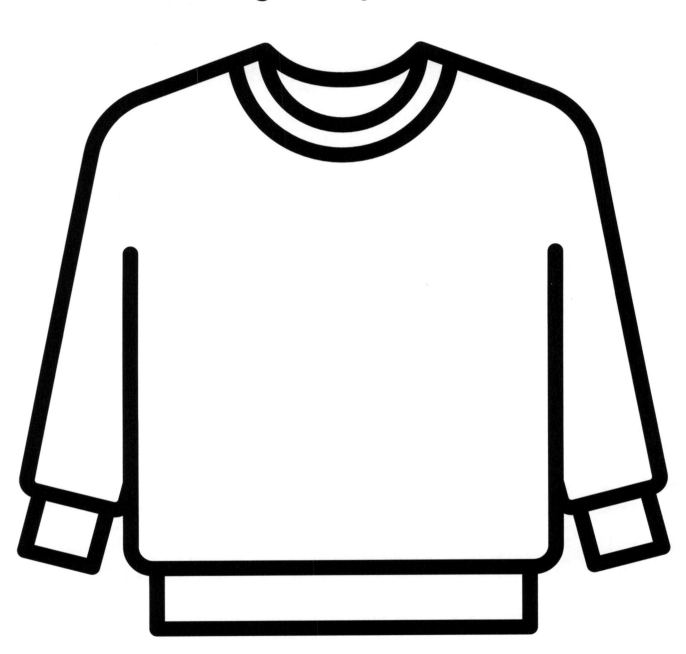

DESIGN COLOUR YOUR OWN CROWN

HERE ARE SOME IDEAS:
JEWELS

MARBLES

DIAMONDS

ANYTHING YOU LIKE

COMPLETE THE CROWN

COMPLETE THE DRAWING OF THE GUARD

CAN YOU FINISH THE THE BRIDGE

CAN YOU DRAW EVERYTHING TO DO WITH LONDON?

DRAW BELOW

WHICH TYPE BUS APPEARS THE MOST

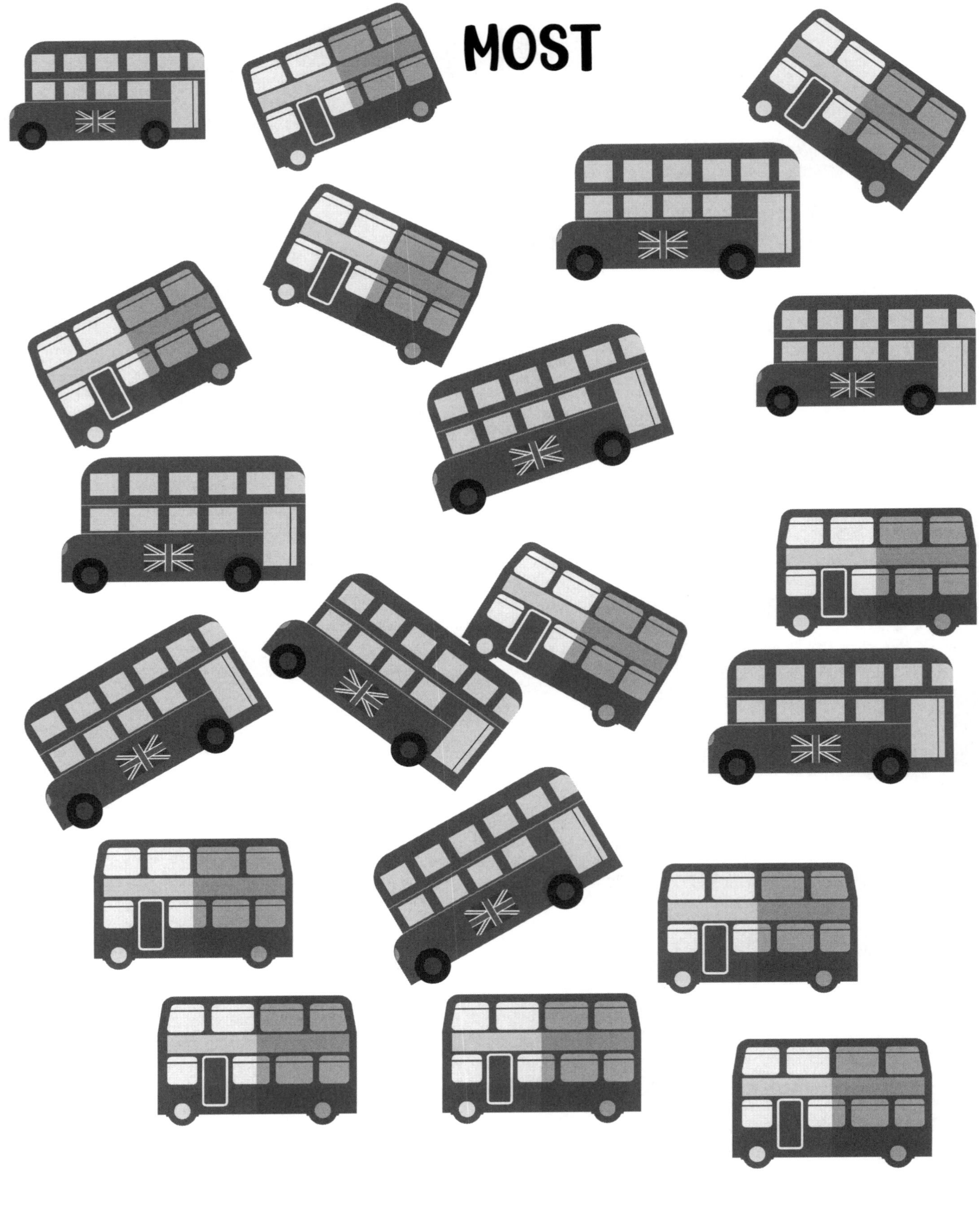

GET THE BUS TO THE PASSENGERS

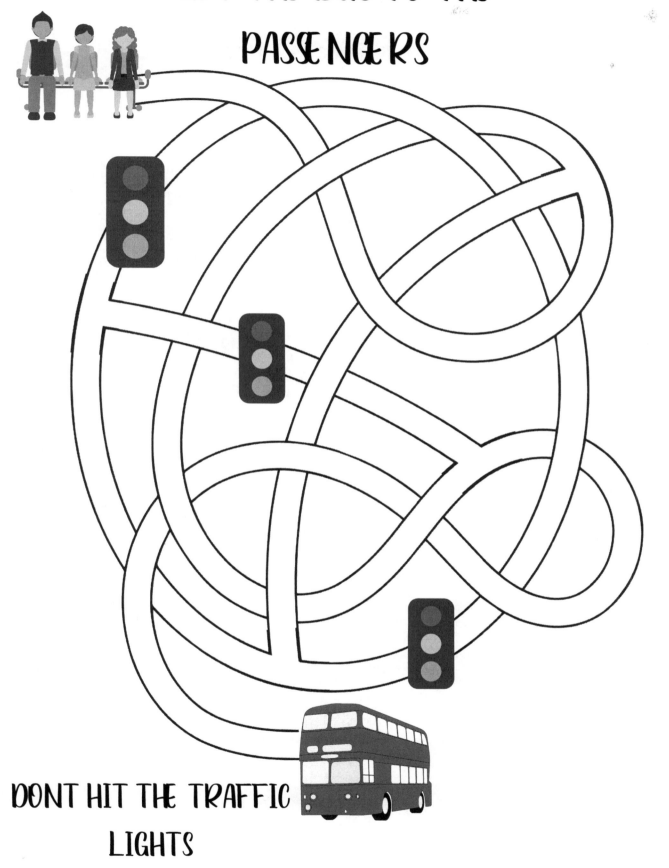

DONT HIT THE TRAFFIC LIGHTS

WHAT'S THE ODD BUS

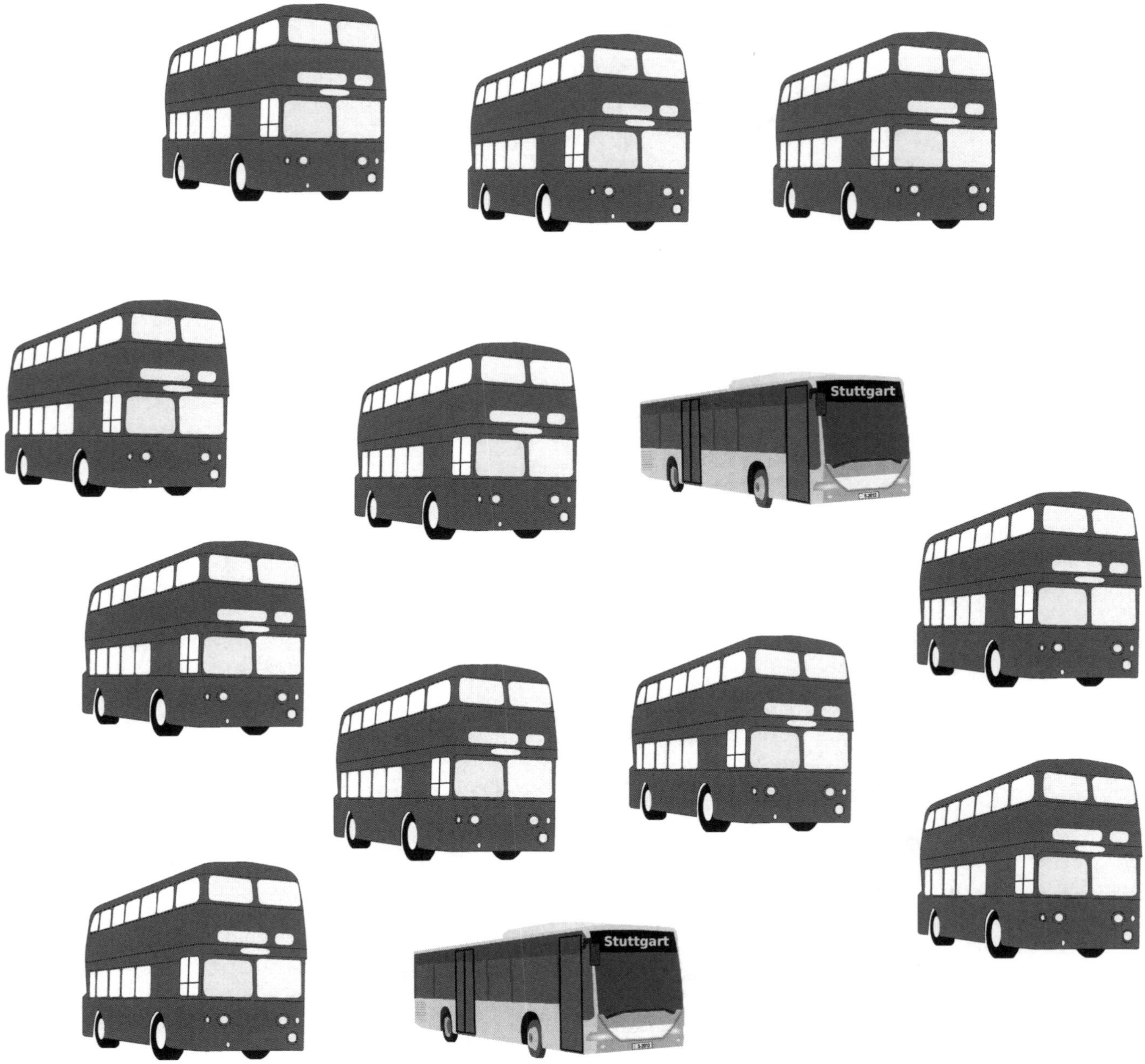
Stuttgart
Stuttgart

Cirlce them

FIND ALL THE CATS

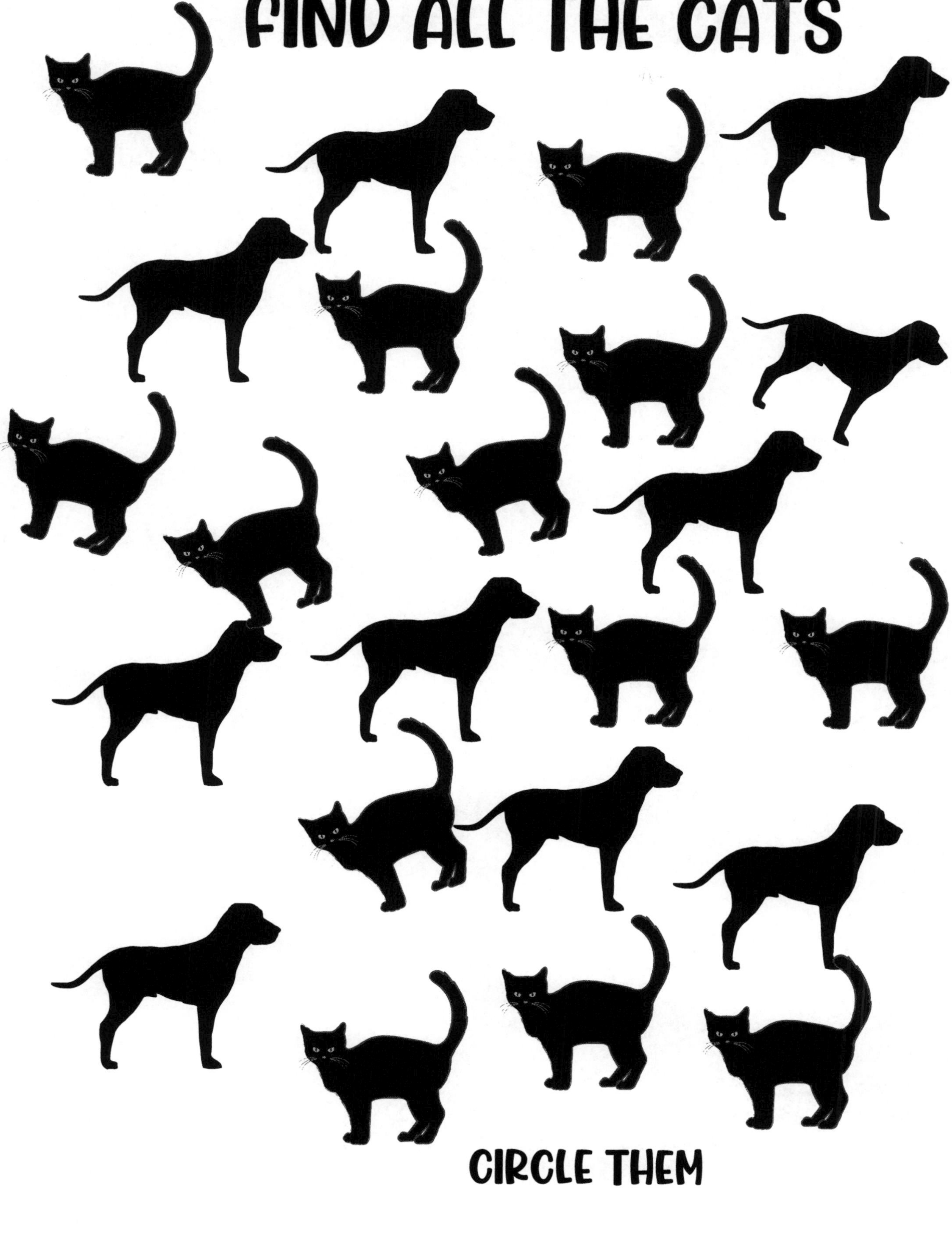

CIRCLE THEM

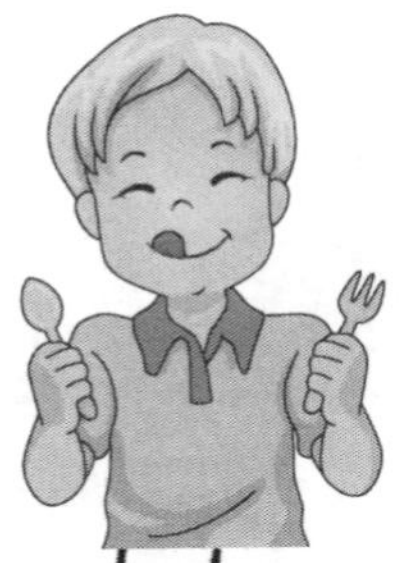

ADAM IS SO HUNGRY

MAKE SURE YOU PICK UP THE DRINK AND KETCHUP ON THE WAY

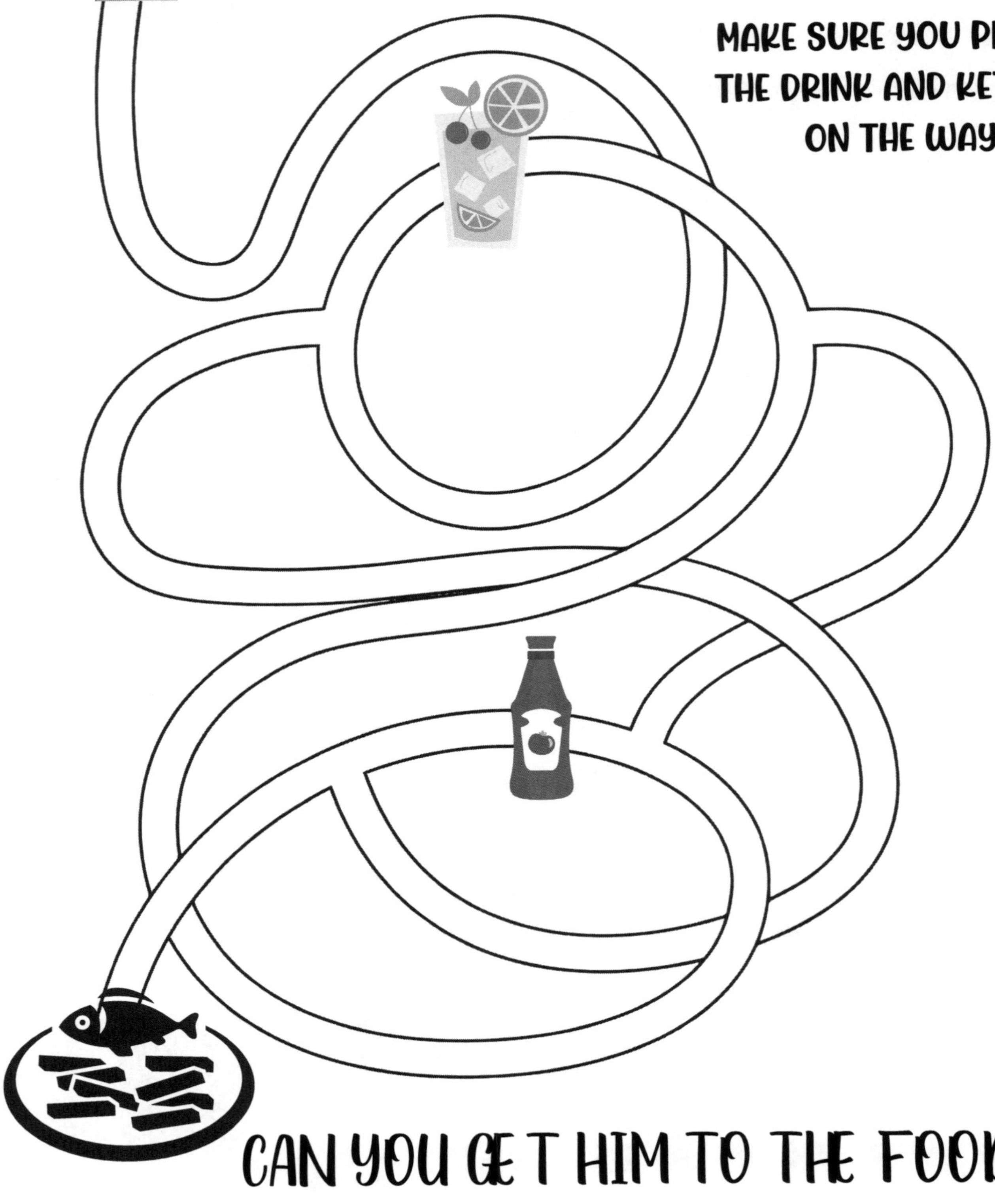

CAN YOU GET HIM TO THE FOOD

COUNT HOW MANY CROWNS

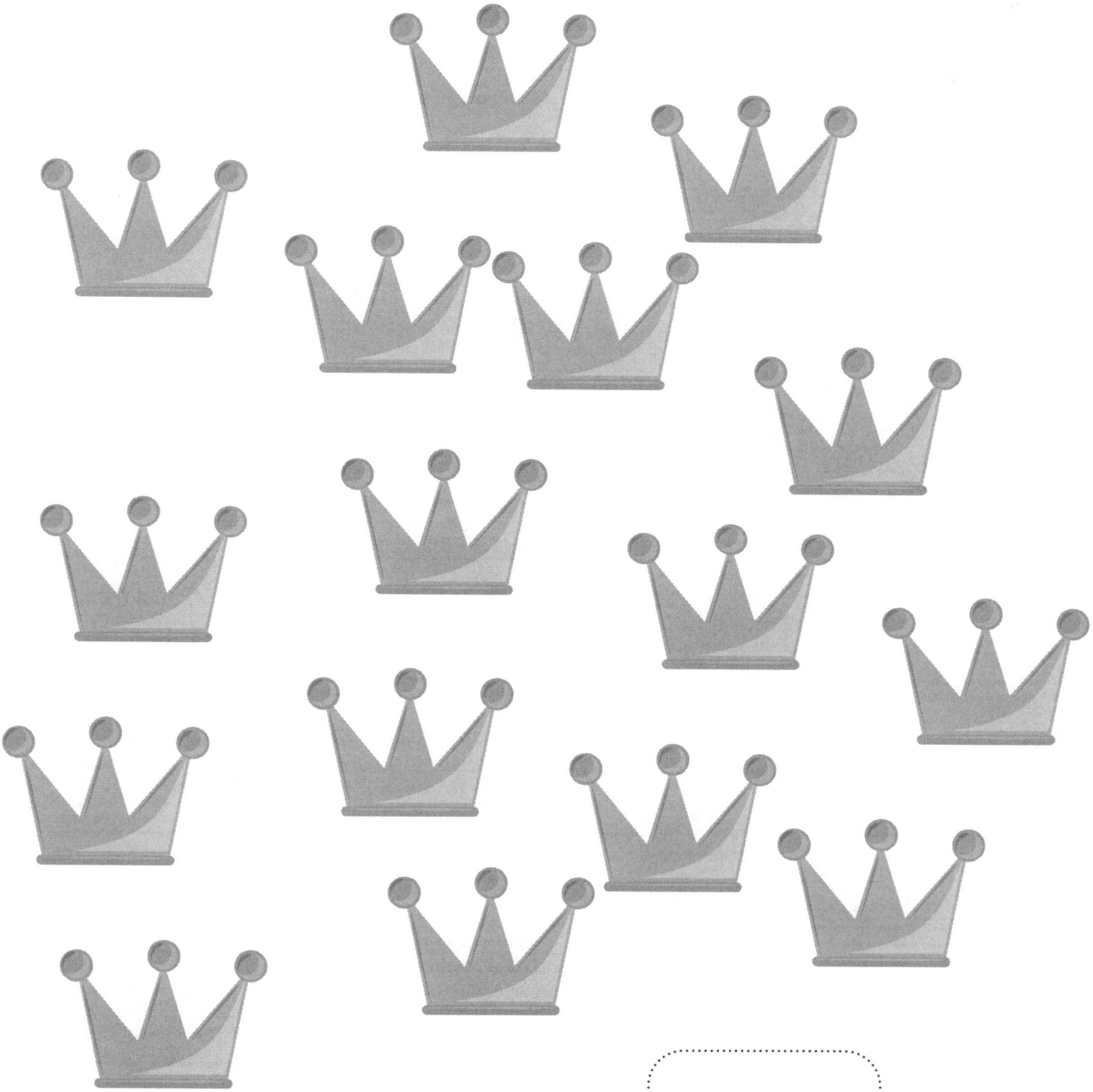

TOTAL

CAN YOU GET PETER TO THE SUN.

TRY NOT TO END UP AT THE RAIN

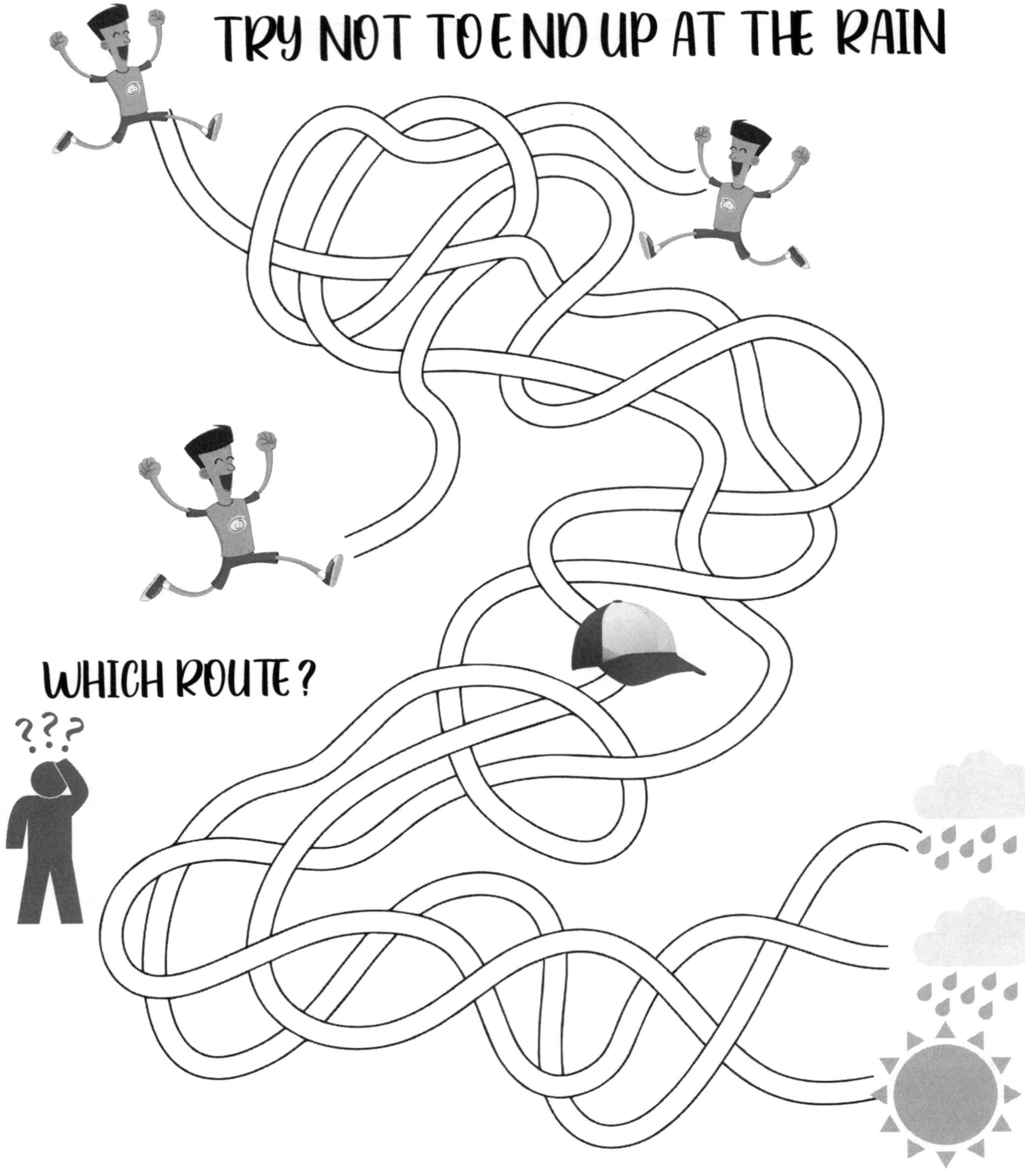
WHICH ROUTE?
???

PICK UP THE CAP ON THE WAY

THE BANDITS WANT TO STEAL THE CROWN

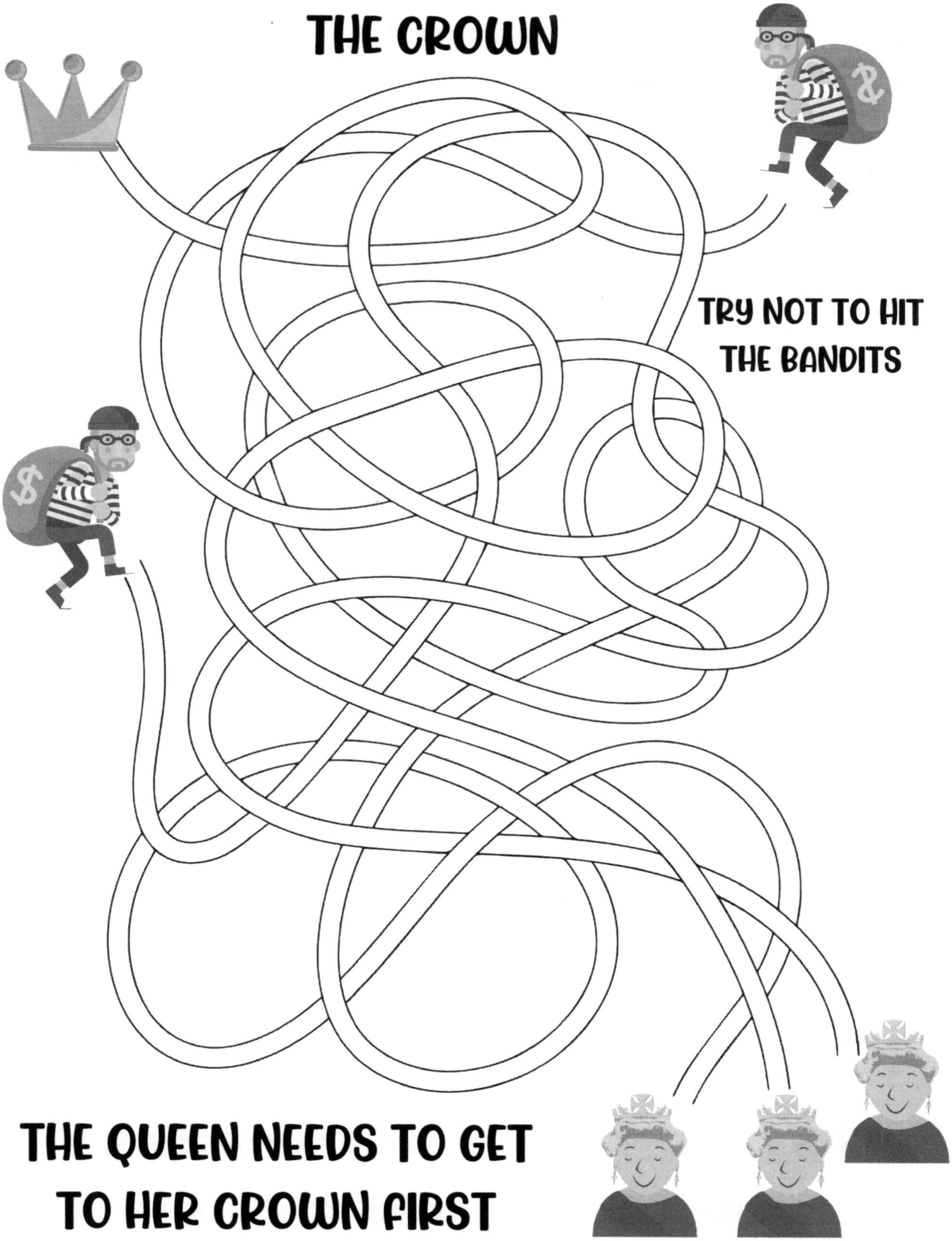

TRY NOT TO HIT THE BANDITS

THE QUEEN NEEDS TO GET TO HER CROWN FIRST

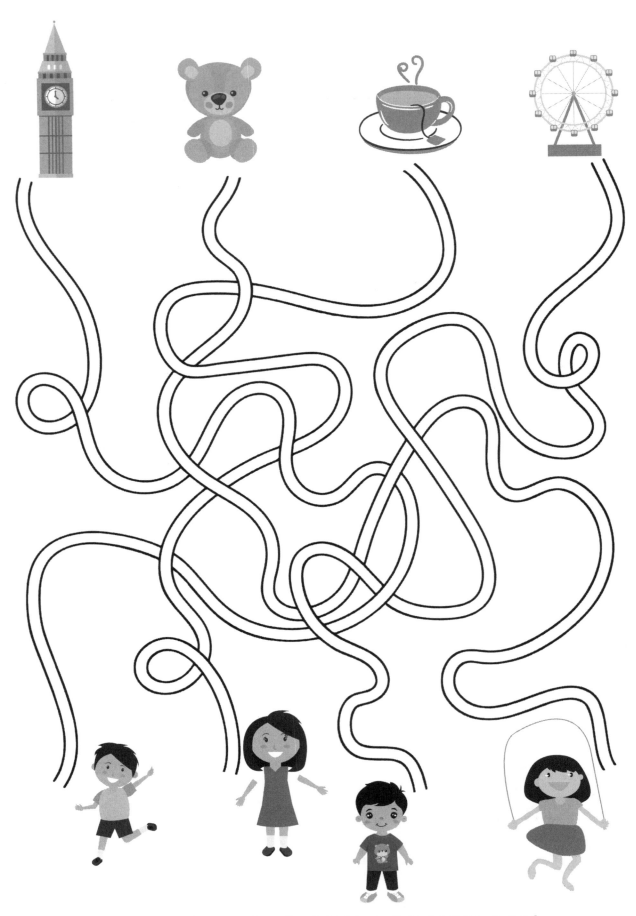

GET TO EACH ITEM AS QUICK AS YOU CAN

CAN YOU GET THE QUEEN TO HER CROWN

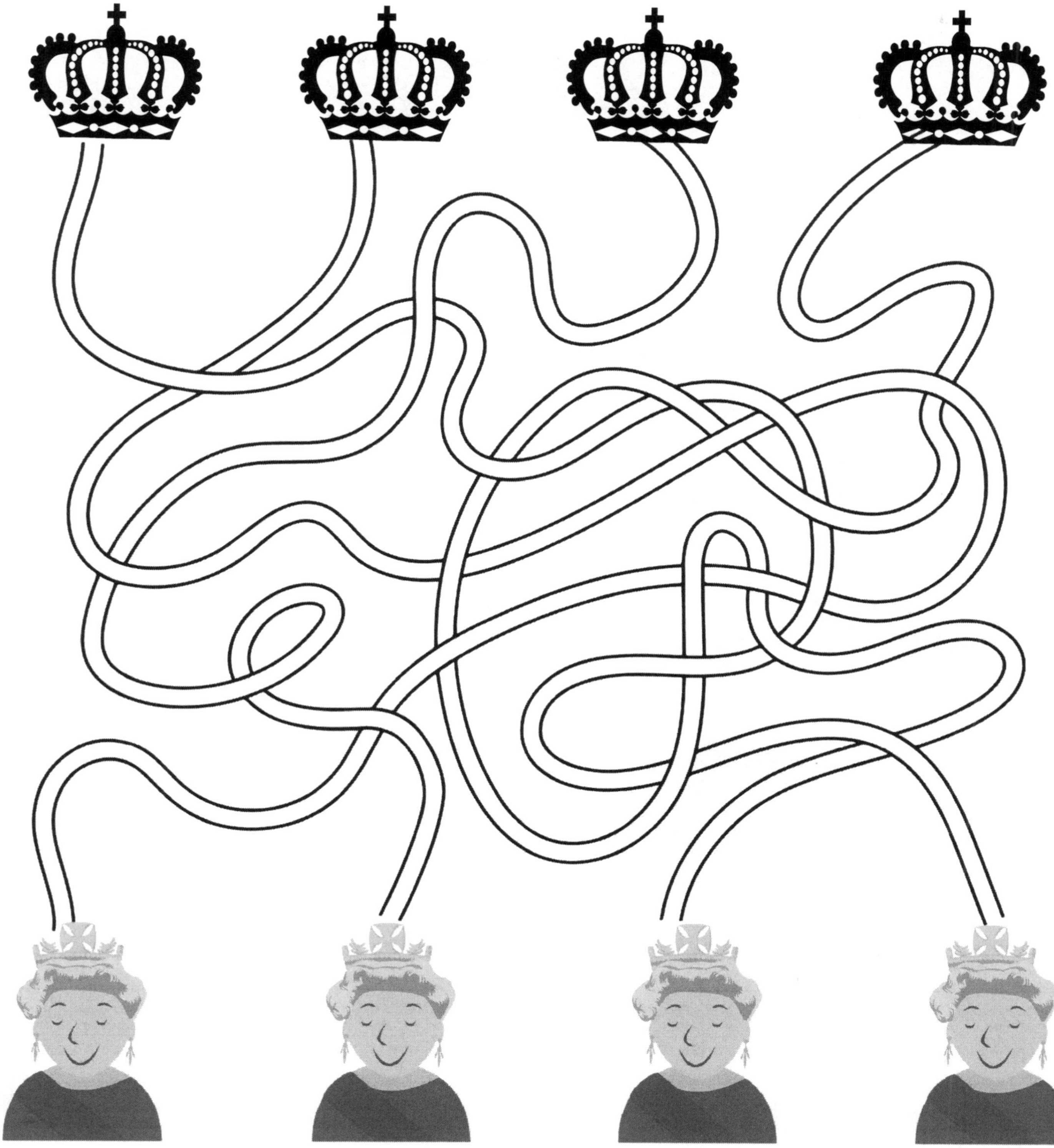

SHE NEEDS A NEW CROWN

COMPLETE THE BLACK TAXI DRAWING

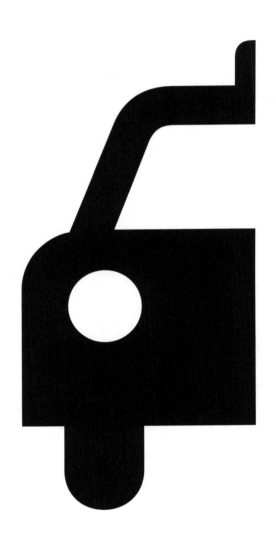

HELP THE QUEEN FIND HER CORGI DOG

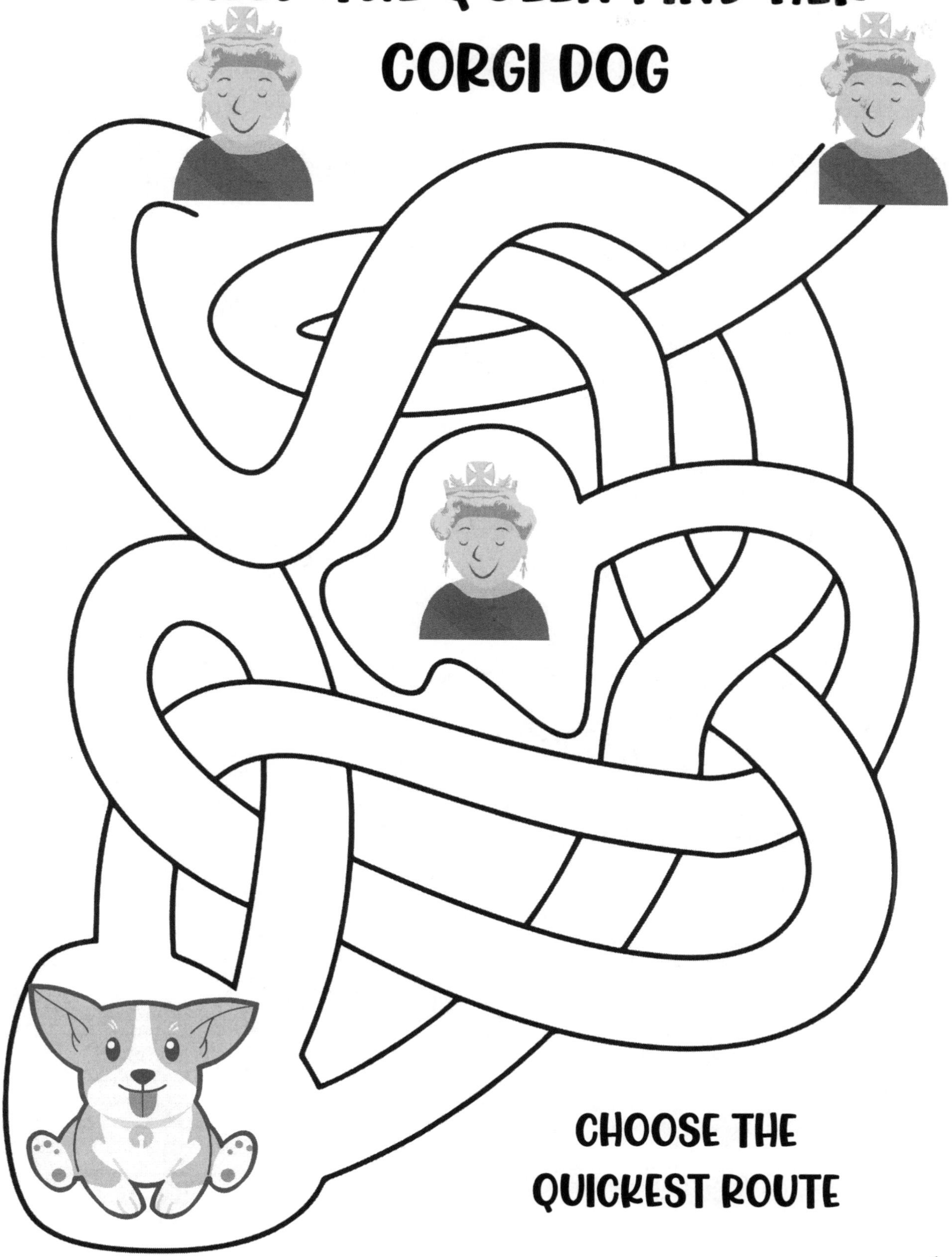

CHOOSE THE QUICKEST ROUTE

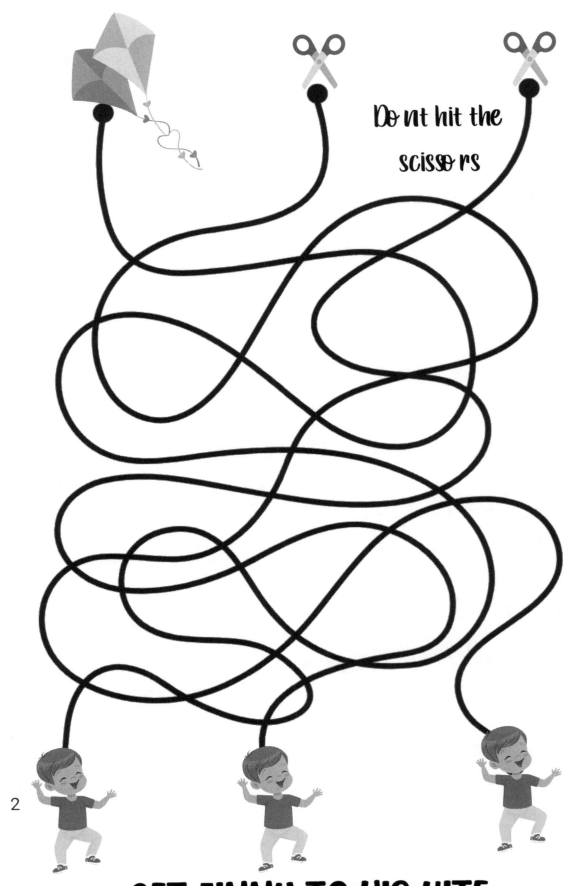

Don't hit the scissors

2

GET JIMMY TO HIS KITE

MR CAB DRIVER HAS HAD A LONG DAY

CHOOSE THE RIGHT PATH

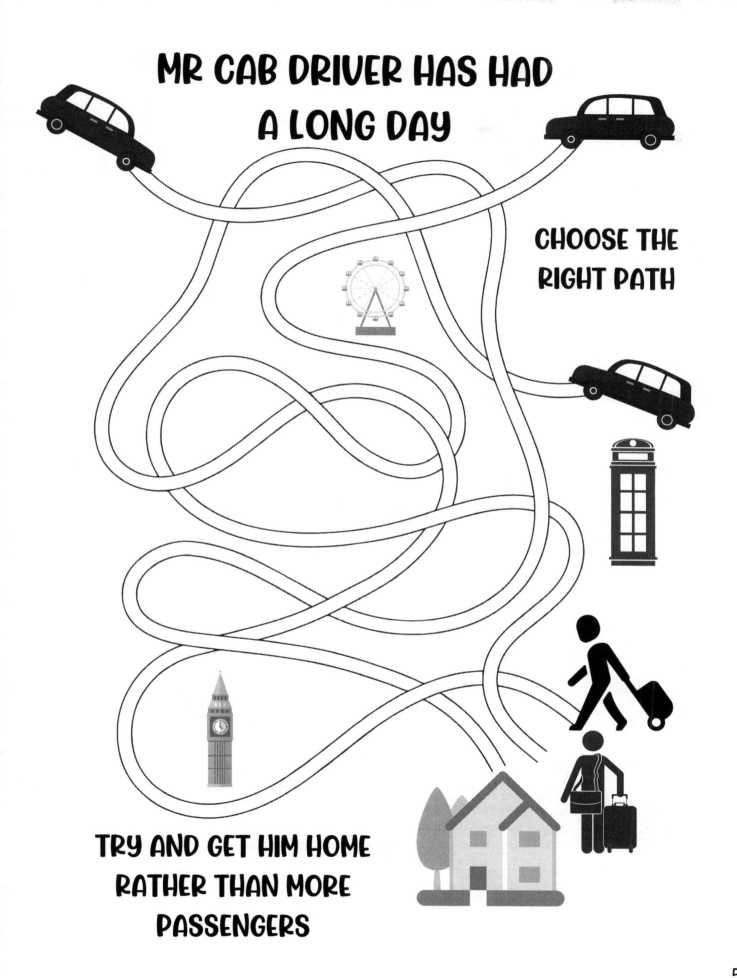

TRY AND GET HIM HOME RATHER THAN MORE PASSENGERS

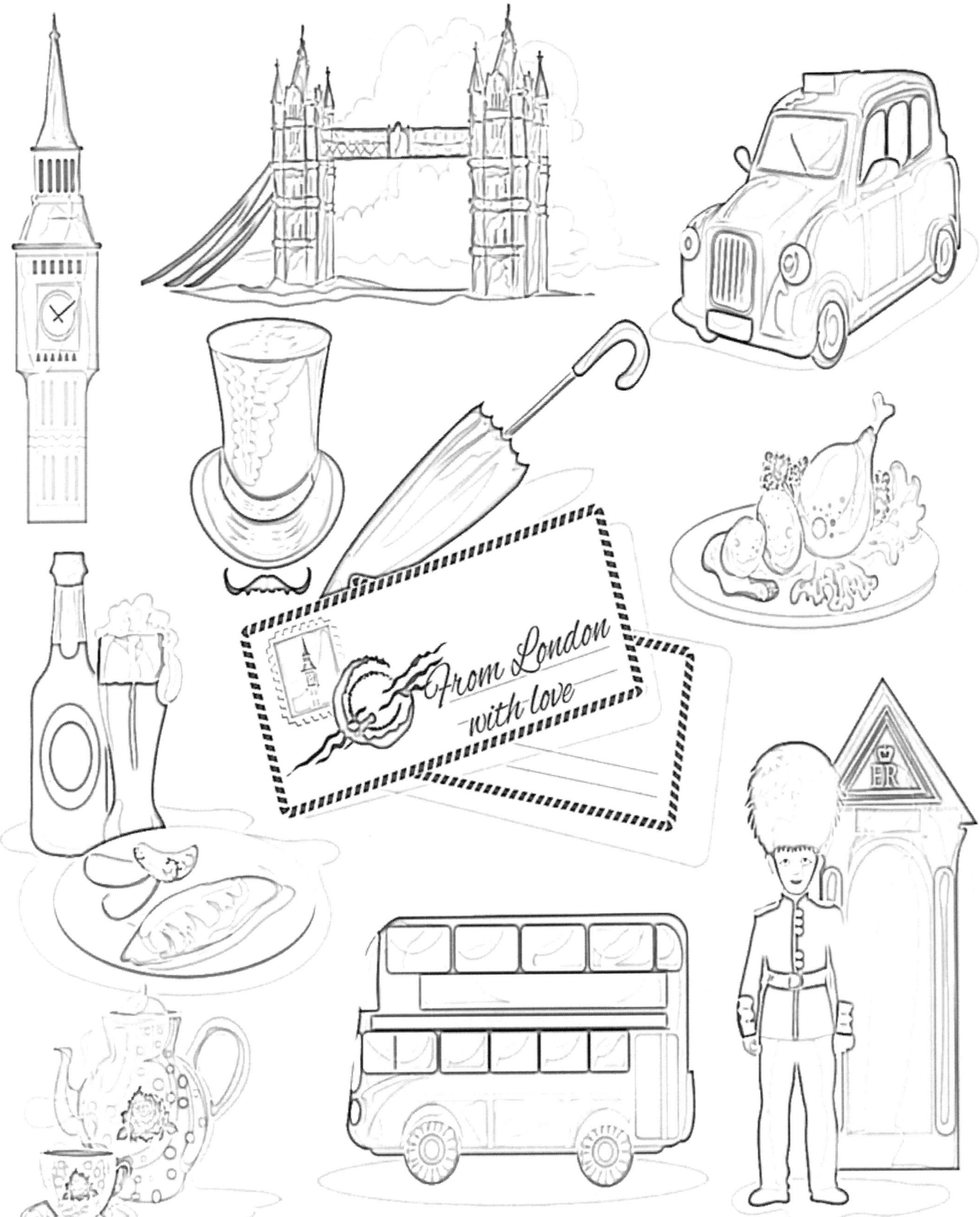
From London
with love
ER

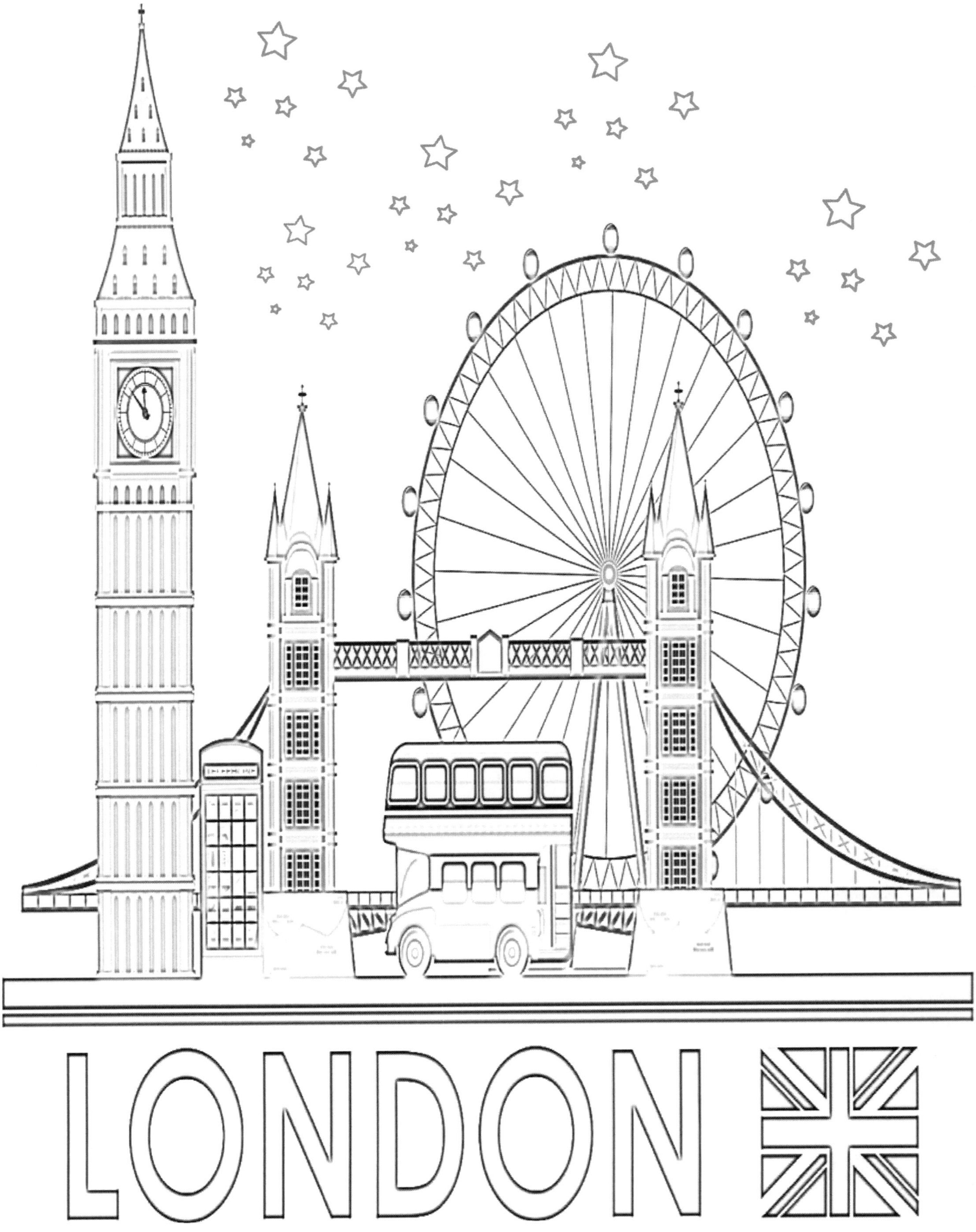
LONDON

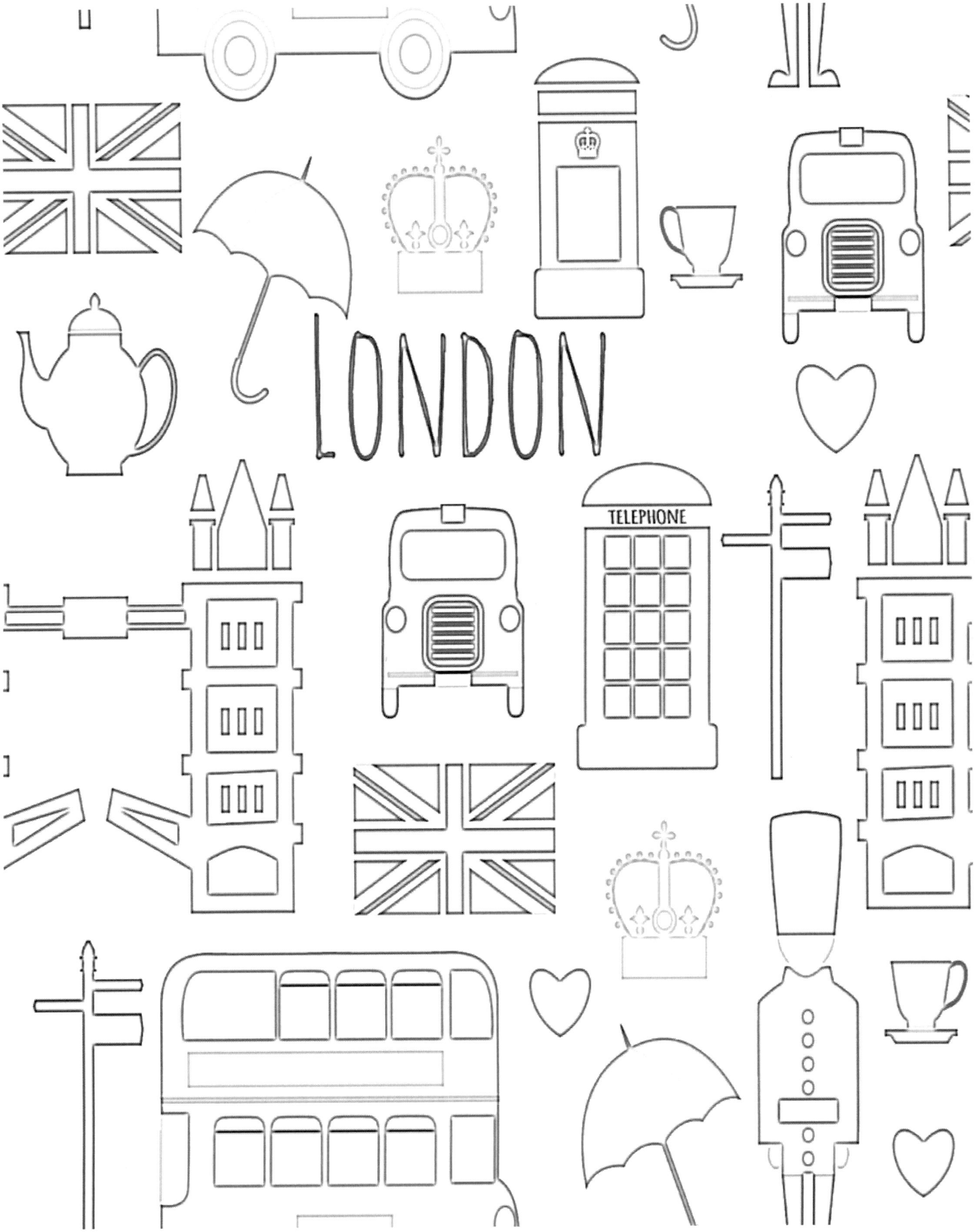
LONDON
TELEPHONE

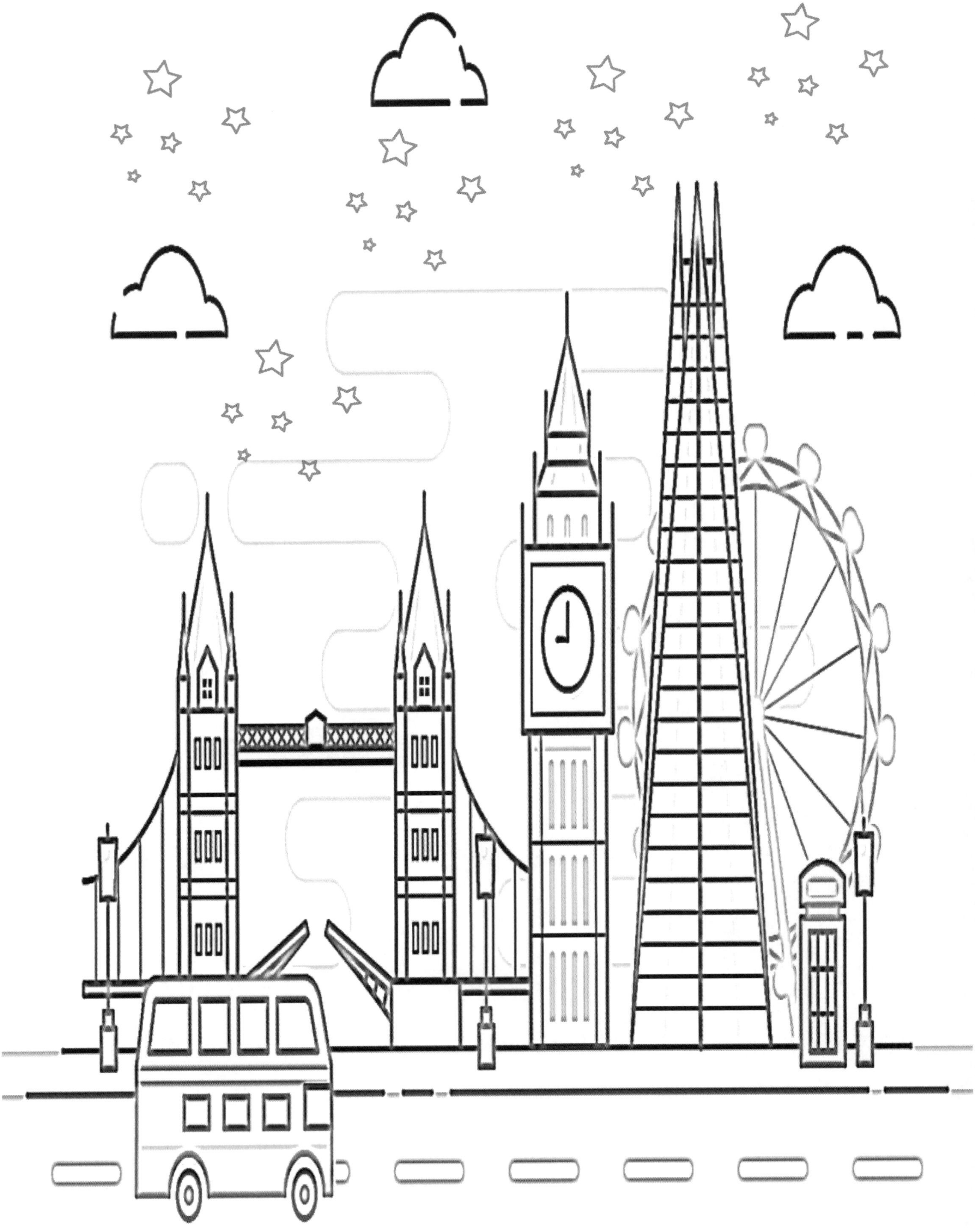

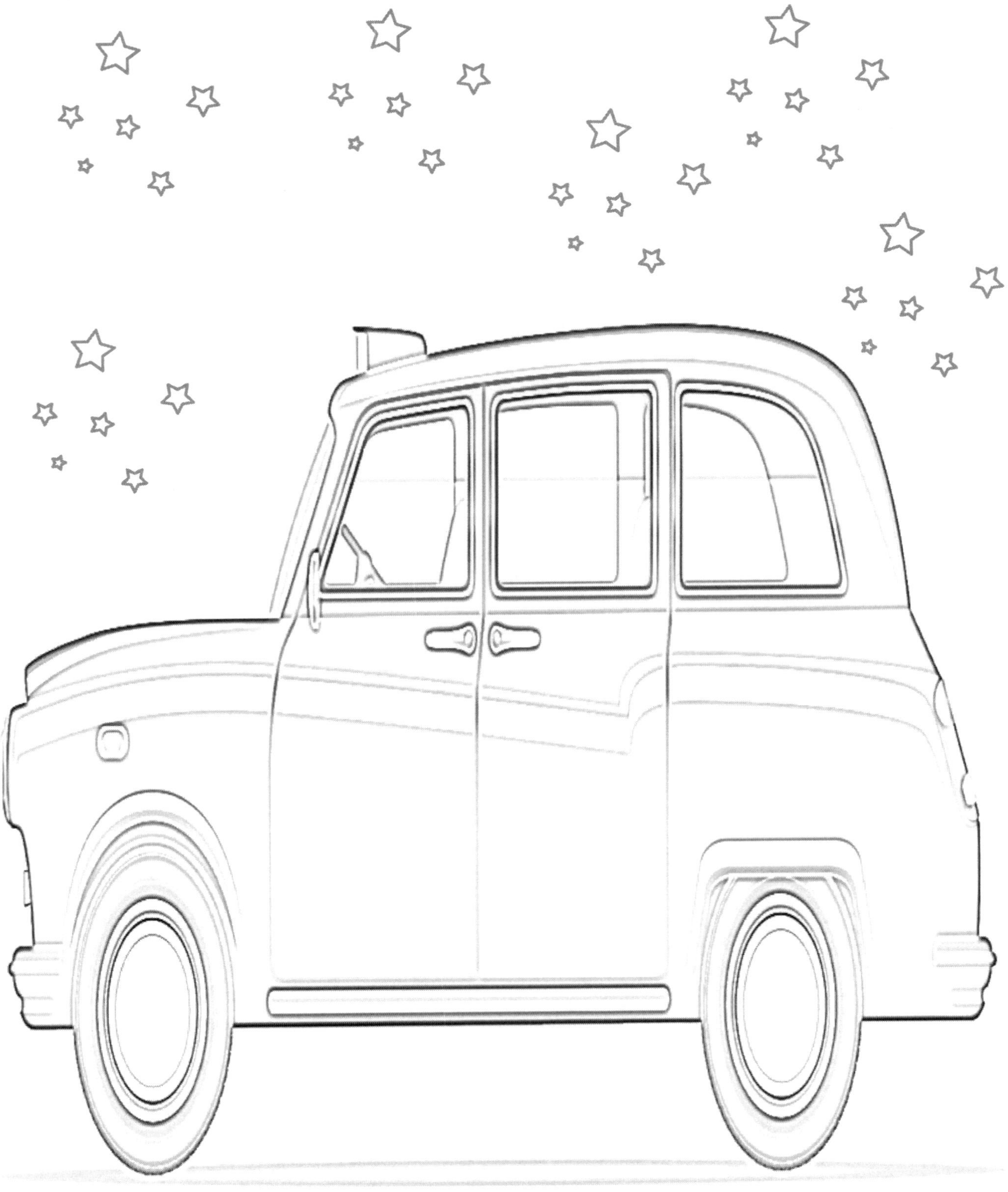

THE ICONIC LONDON
BLACK TAXI

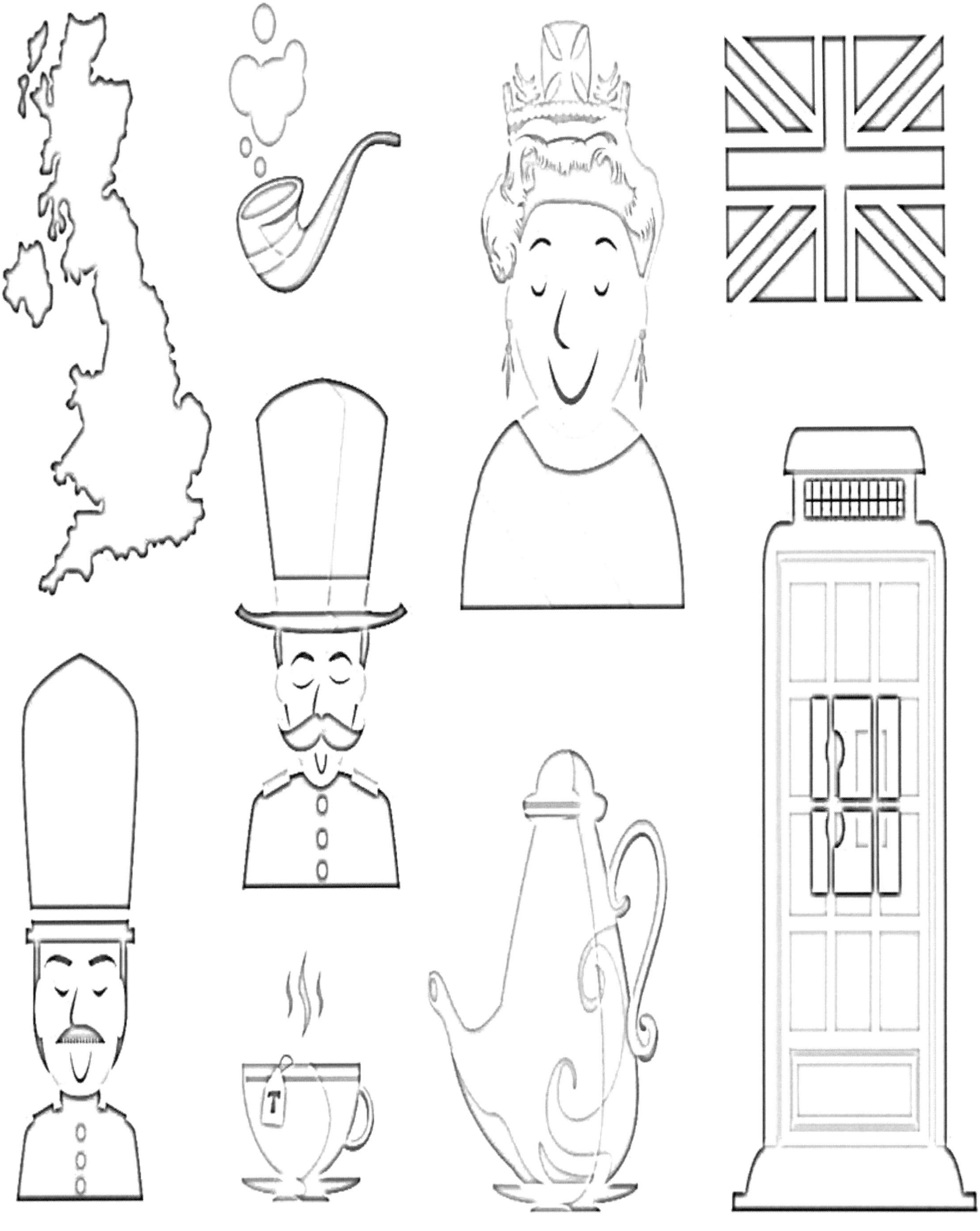
T

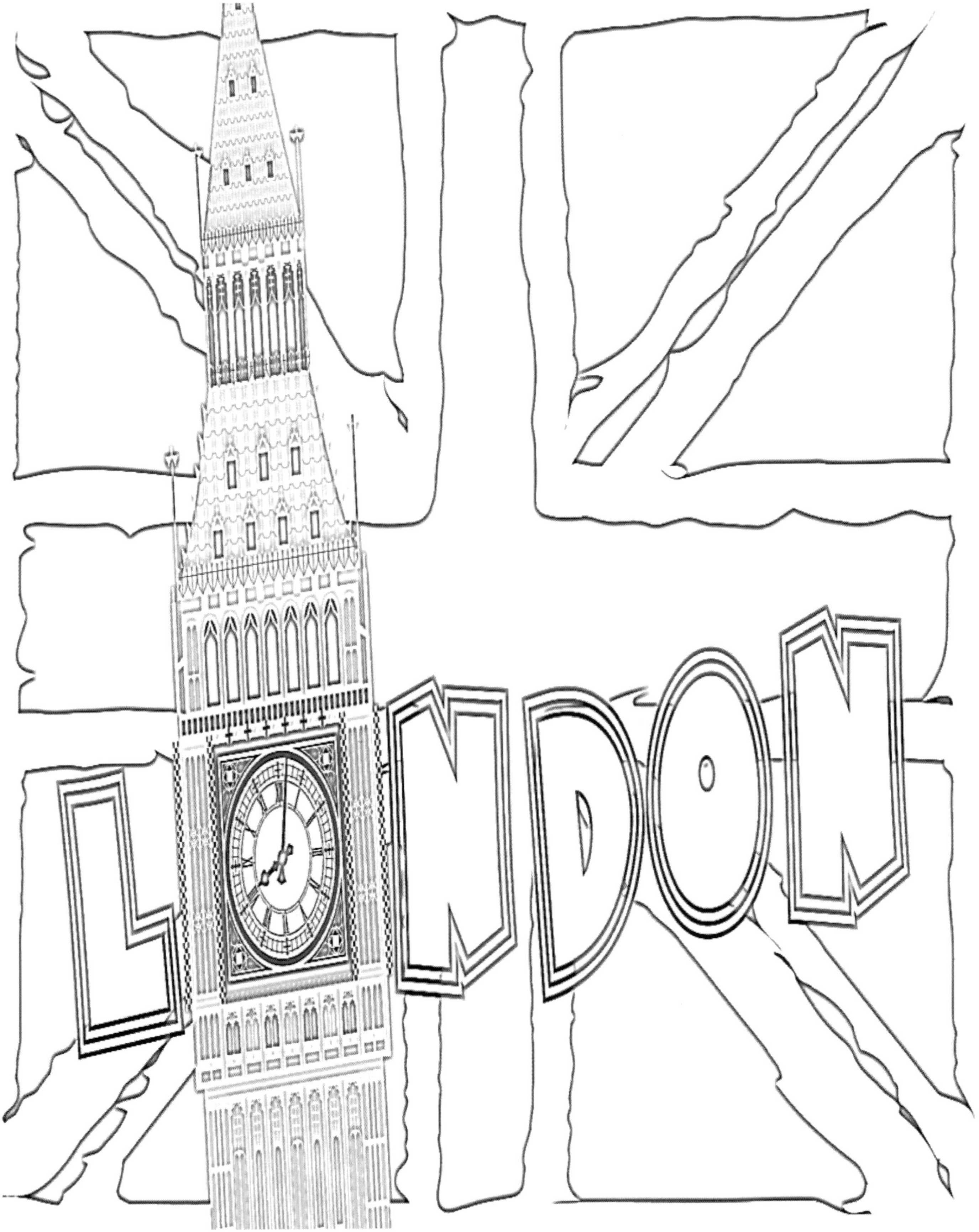
LONDON

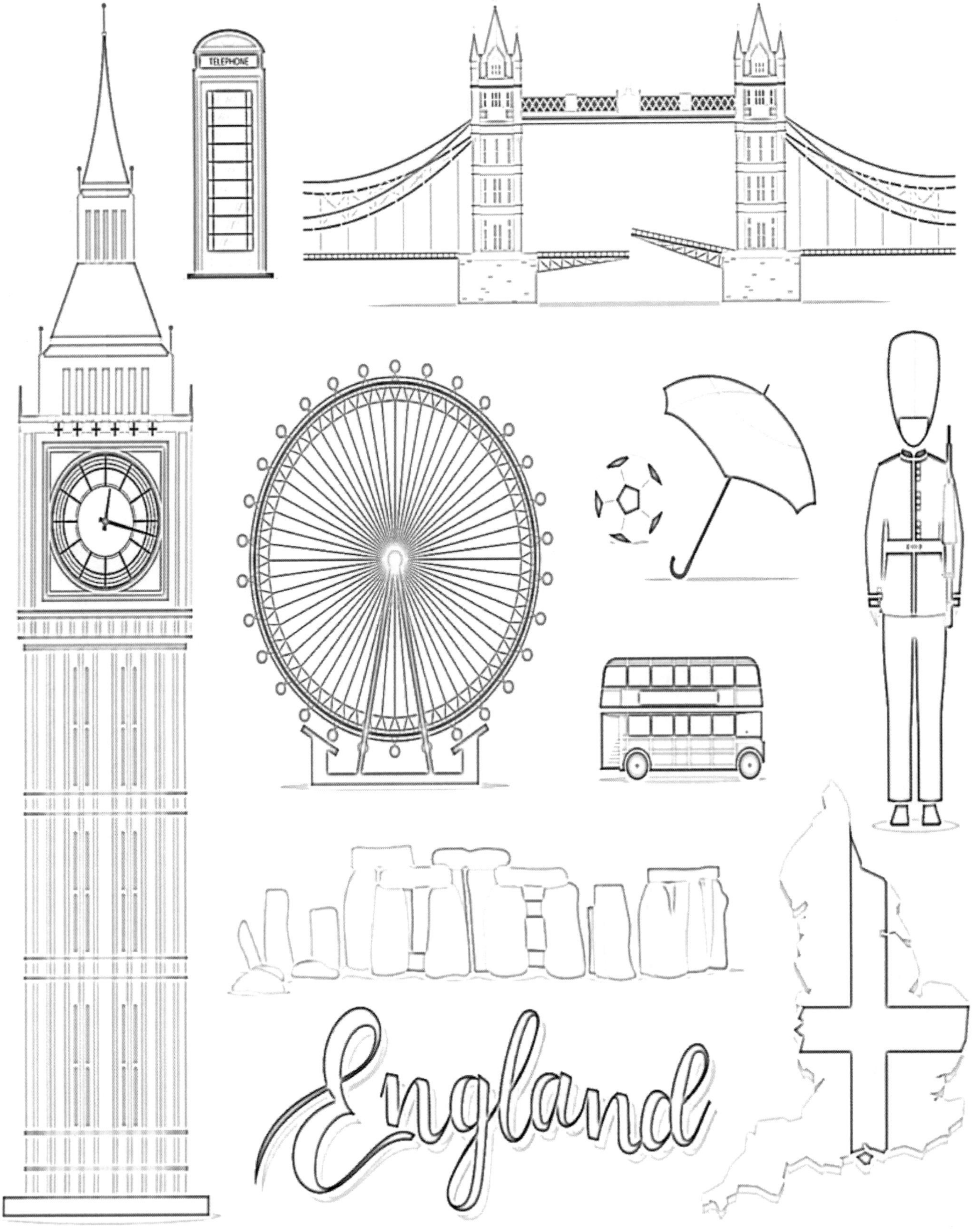
TELEPHONE
England

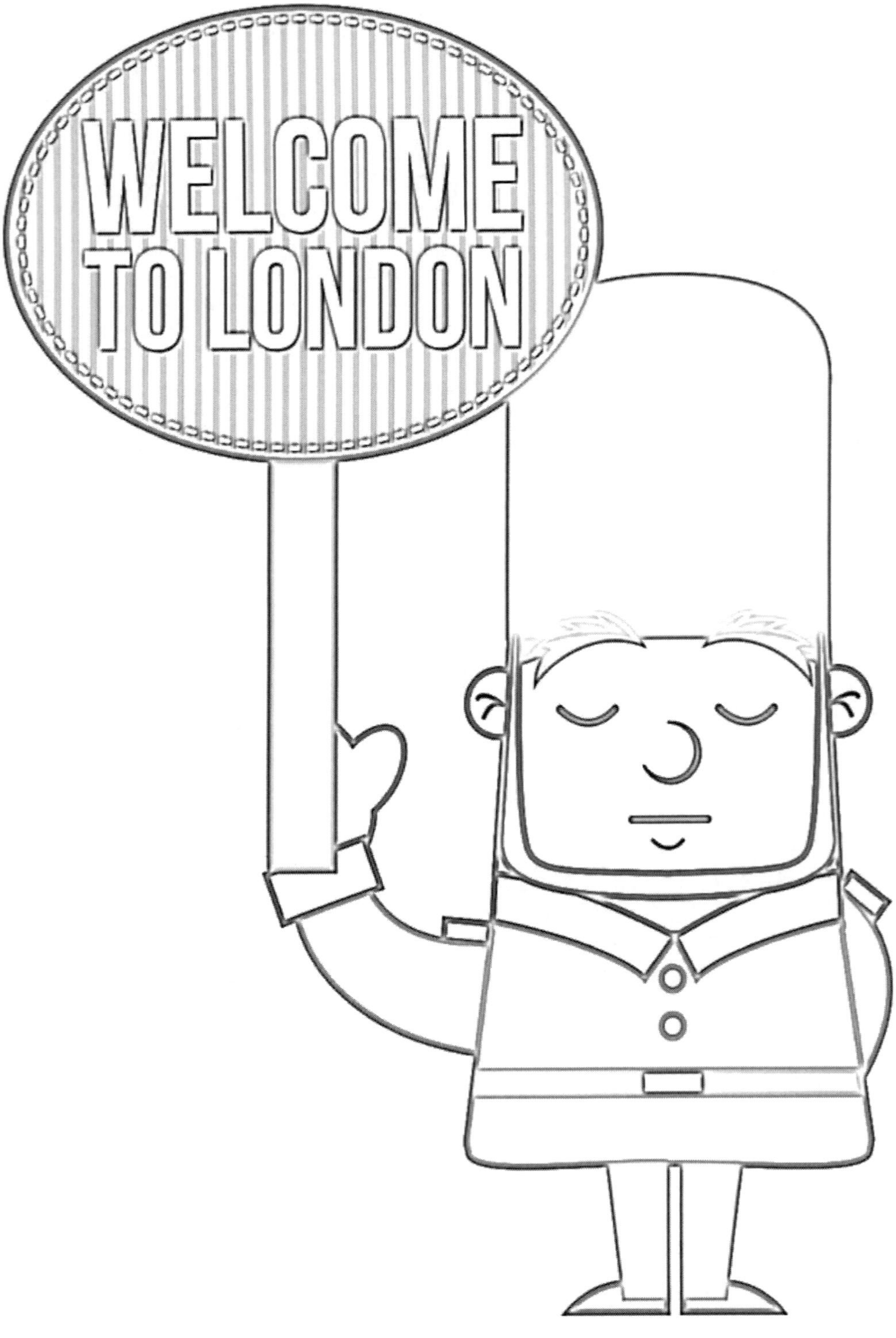
WELCOME
TO LONDON

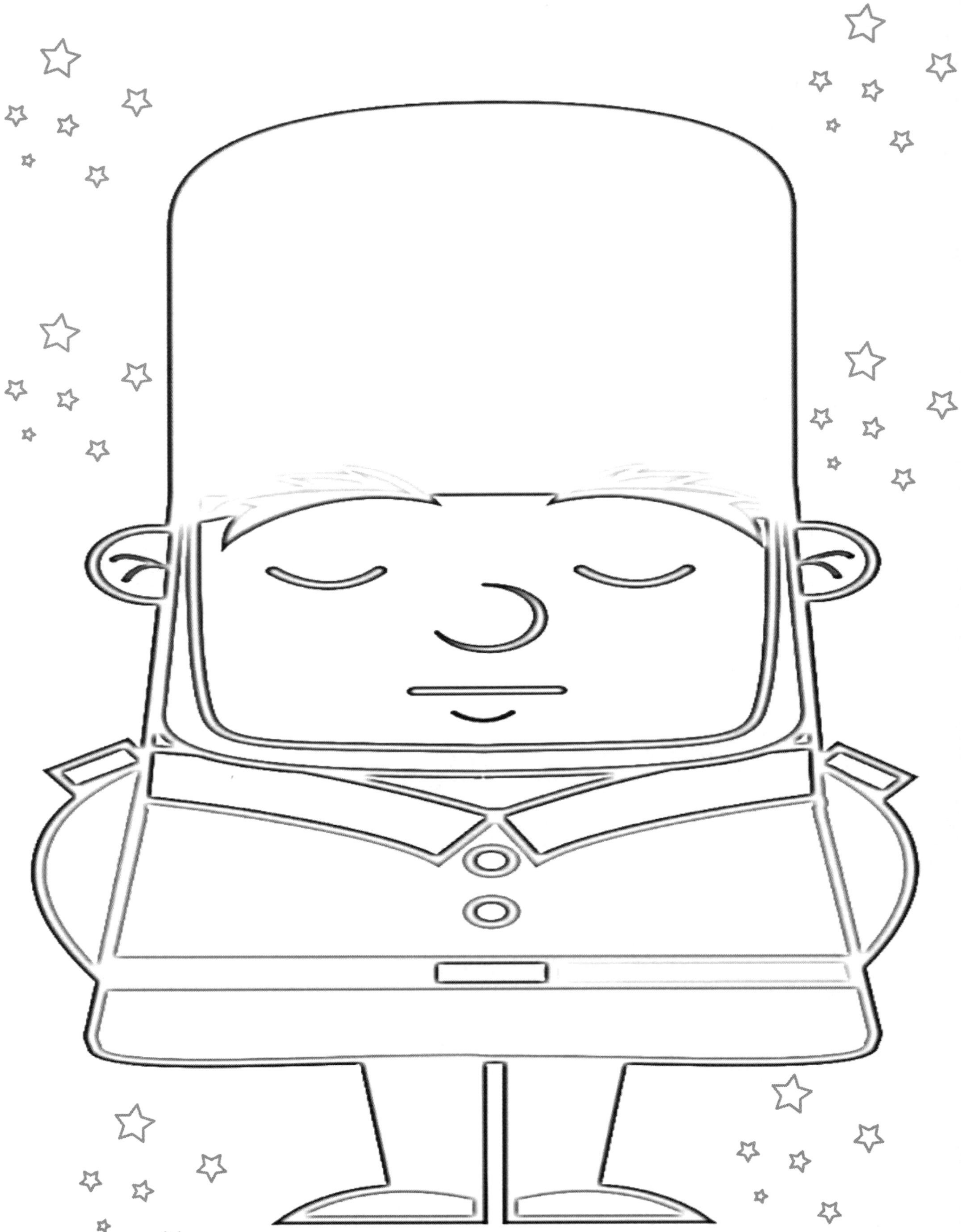

LOVE LONDON

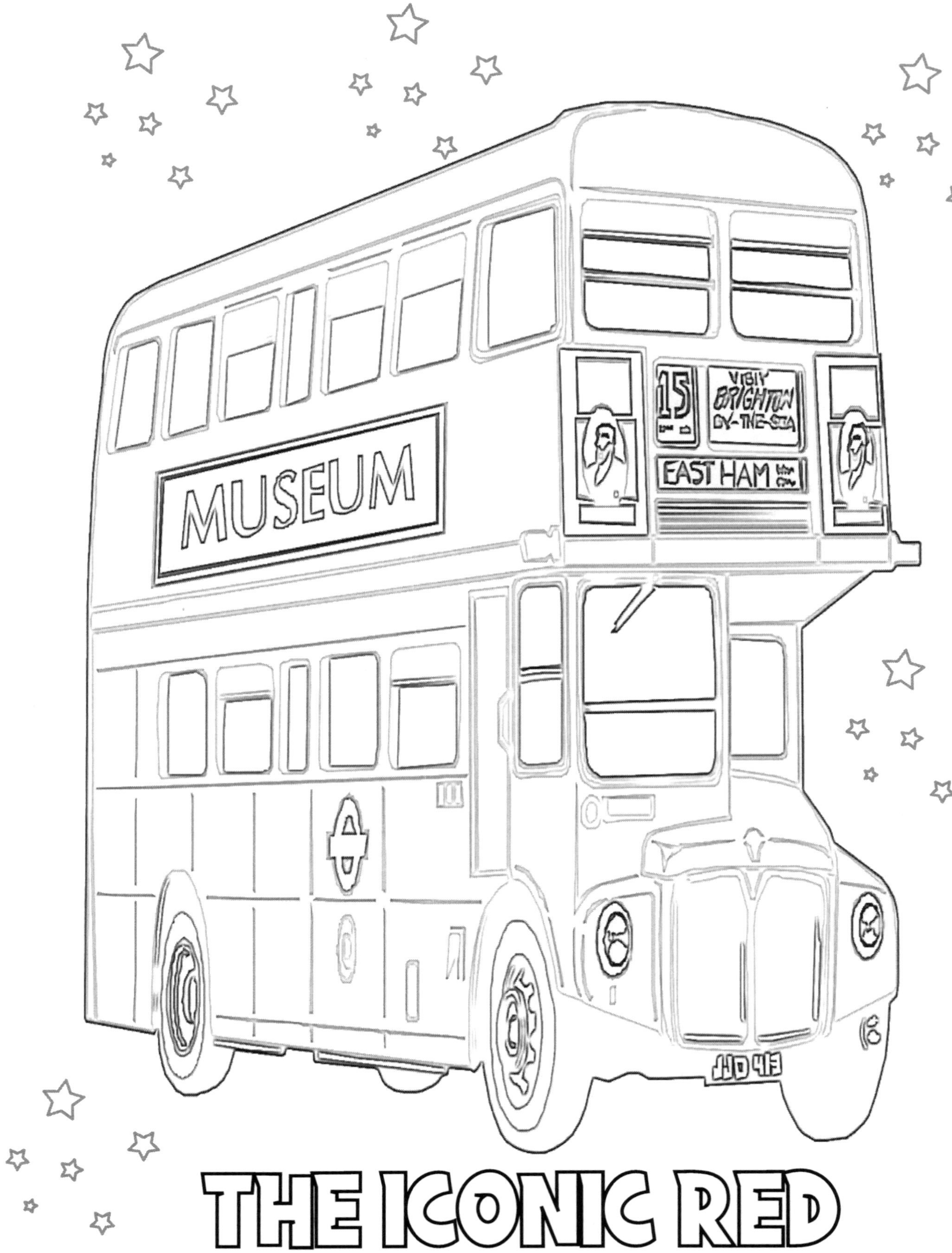
MUSEUM
15
VISIT BRIGHTON BY-THE-SEA
EAST HAM

THE ICONIC RED LONDON BUS

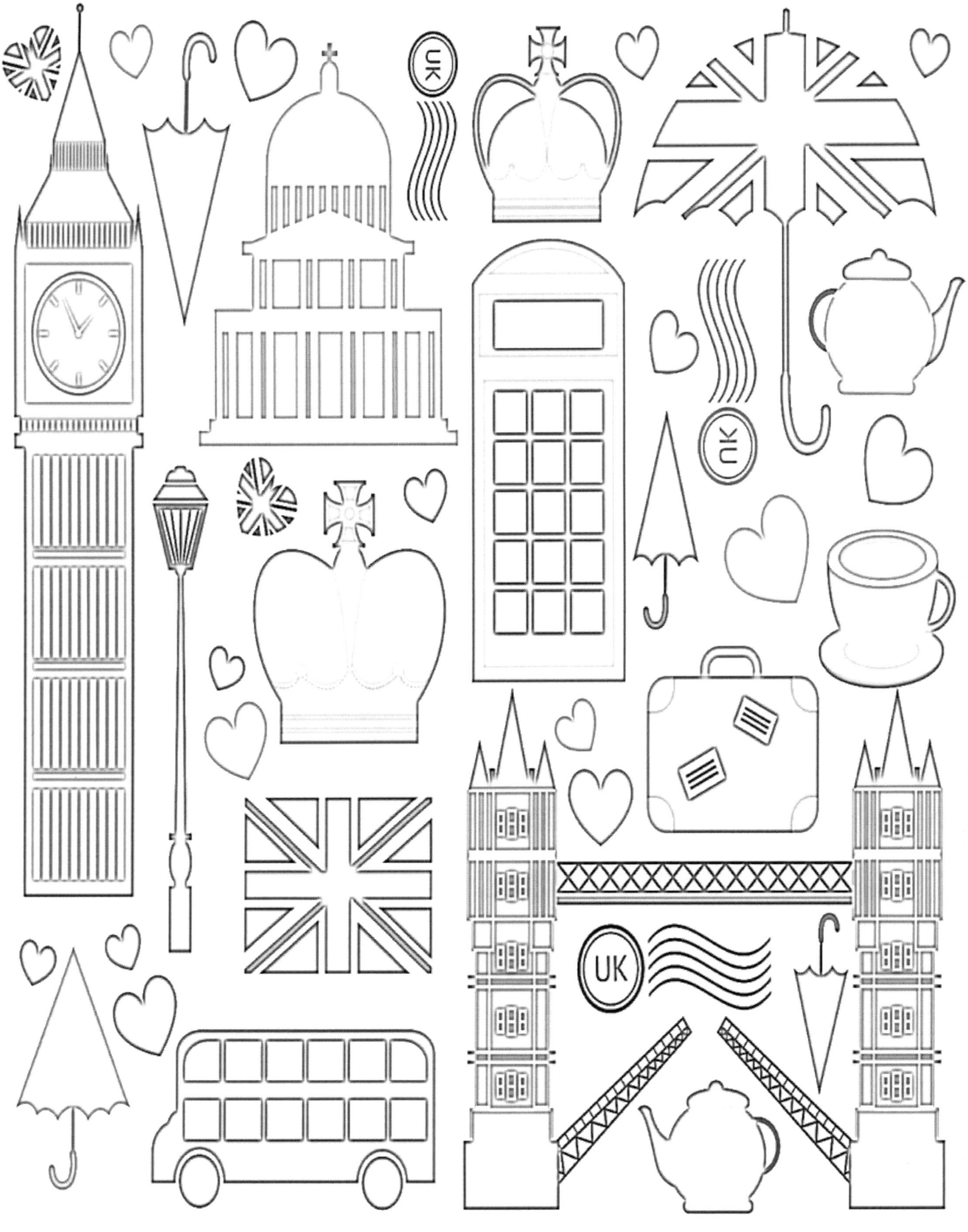
UK
UK
UK

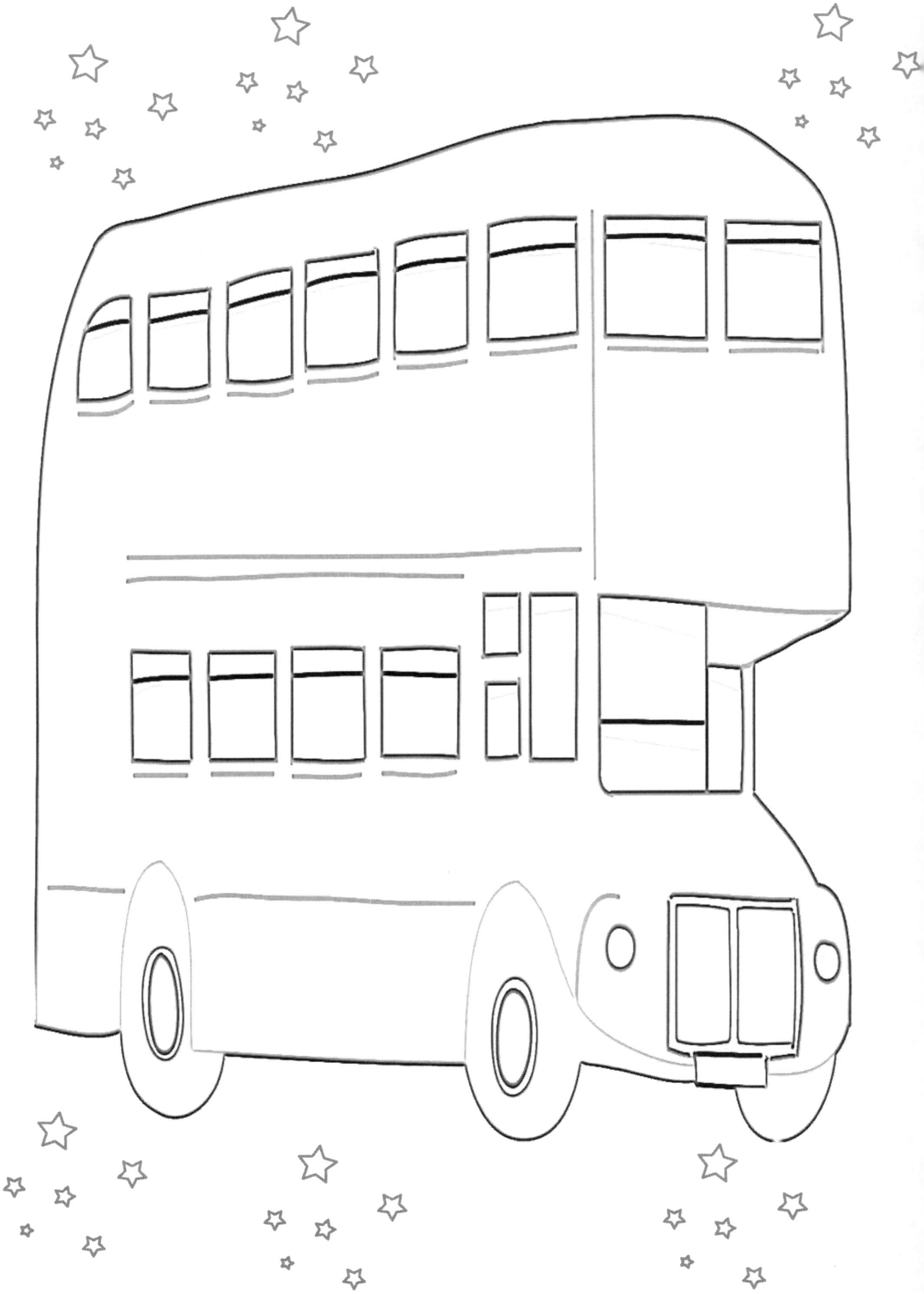

LONDON

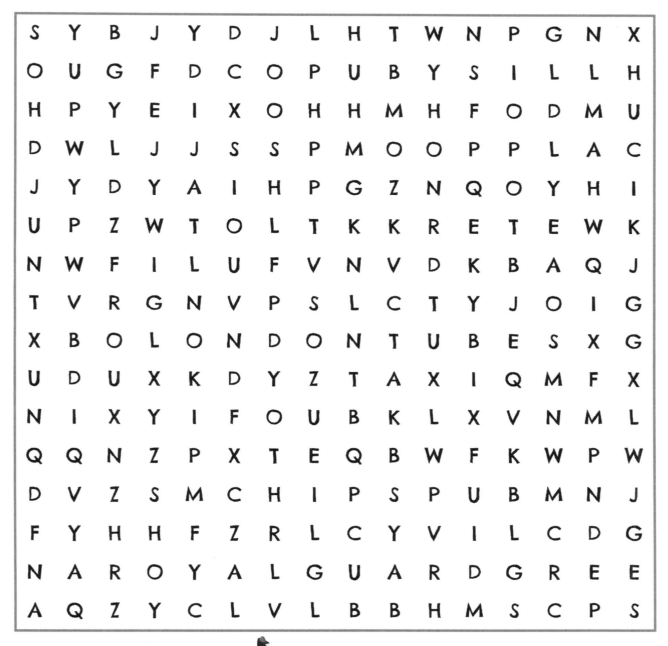

```
S Y B J Y D J L H T W N P G N X
O U G F D C O P U B Y S I L L H
H P Y E I X O H H M H F O D M U
D W L J J S S P M O O P P L A C
J Y D Y A I H P G Z N Q O Y H I
U P Z W T O L T K K R E T E W K
N W F I L U F V N V D K B A Q J
T V R G N V P S L C T Y J O I G
X B O L O N D O N T U B E S X G
U D U X K D Y Z T A X I Q M F X
N I X Y I F O U B K L X V N M L
Q Q N Z P X T E Q B W F K W P W
D V Z S M C H I P S P U B M N J
F Y H H F Z R L C Y V I L C D G
N A R O Y A L G U A R D G R E E
A Q Z Y C L V L B B H M S C P S
```

BRITISH
FISH
PHONE BOX
ROYAL GUARD

CHIPS
LONDON TUBE
PUB
TAXI

ASK A GROWN UP TO SEE IF THEY CAN HELP IF YOU ARE STUCK

COMPLETE THE MAZE

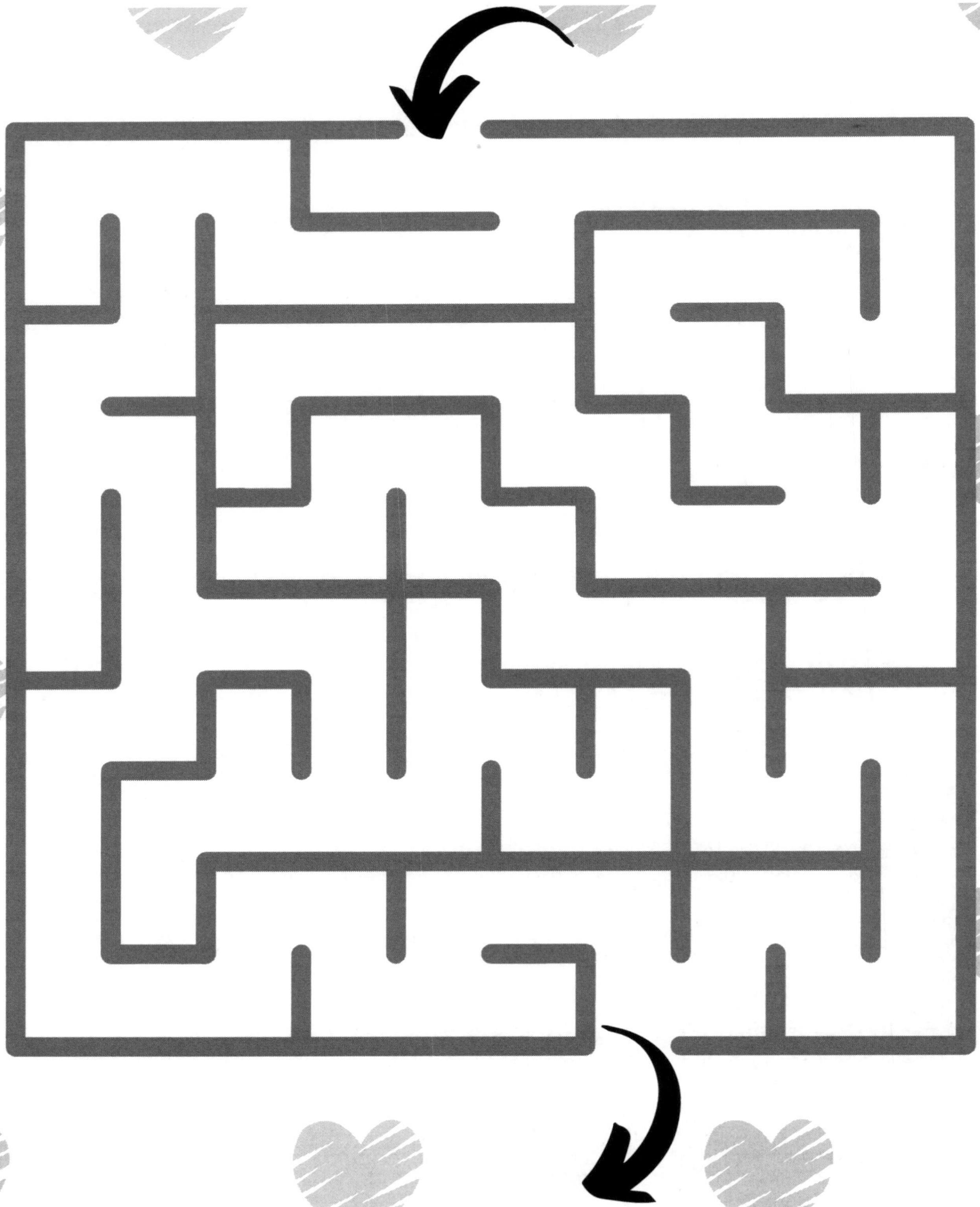

HAVE YOU BEEN TO ANY OF THESE PLACES?

```
T P S B Y Z T D R E T O O K C N
T G F C E Y R K Q Y X C R A H N
B U C K I N G H A M P A L A C E
S L K E R E Q L A M P H H V M H
W V K B T O N R Z E V G E U U D
C Q U G V S U C D A V U E T O A
T J S X X V W Y E G A S R B N F
V Z E H R F H Z P M U N Y I Y M
J C O J A E I X V M U V E T R N
L H U I P R X K H Z F S R B W P
G I P R S N D S J V K G E L H E
Z Y T M W N I N F W Z P Y U X D
J I Y O V T Y M C N U B K V M A
C K R O I T C H U R C H B I E A
U C A R K Z E L O N D O N E Y E
B A B O H X A L V L B G T E V K
```

BRITISH MUSEUM   BUCKINGHAM PALACE
CHURCH   CROWN
HYDE PARK   LONDON EYE
SCIENCE MUSEUM   SHARD

 ASK A GROWN UP TO SEE IF THEY
CAN HELP IF YOU ARE STUCK

COMPLETE THE MAZE

CAN YOU FIND THESE WORDS?

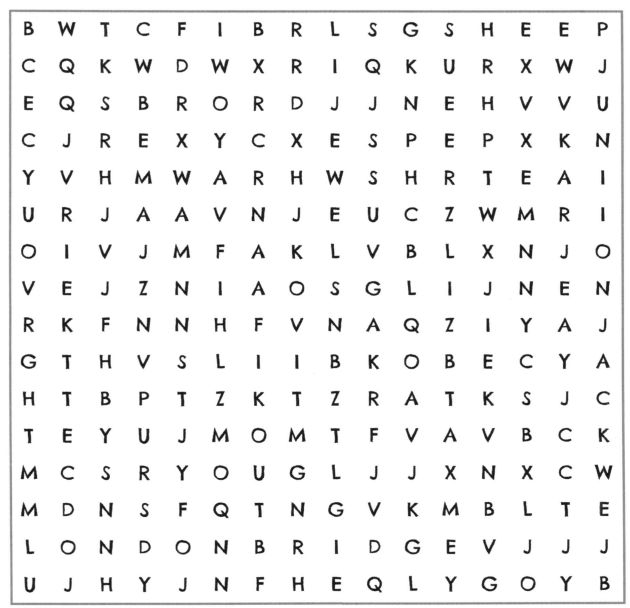

B W T C F I B R L S G S H E E P
C Q K W D W X R I Q K U R X W J
E Q S B R O R D J J N E H V V U
C J R E X Y C X E S P E P X K N
Y V H M W A R H W S H R T E A I
U R J A A V N J E U C Z W M R I
O I V J M F A K L V B L X N J O
V E J Z N I A O S G L I J N E N
R K F N N H F V N A Q Z I Y A J
G T H V S L I I B K O B E C Y A
H T B P T Z K T Z R A T K S J C
T E Y U J M O M T F V A V B C K
M C S R Y O U G L J J X N X C W
M D N S F Q T N G V K M B L T E
L O N D O N B R I D G E V J J J
U J H Y J N F H E Q L Y G O Y B

FOOTBALL
KING
SHAKESPERE
TEA

JEWELS
LONDON BRIDGE
SHEEP
UNIION JACK

 ASK A GROWN UP TO SEE IF THEY
CAN HELP IF YOU ARE STUCK

COMPLETE THE MAZE

COMPLETE THE MAZE

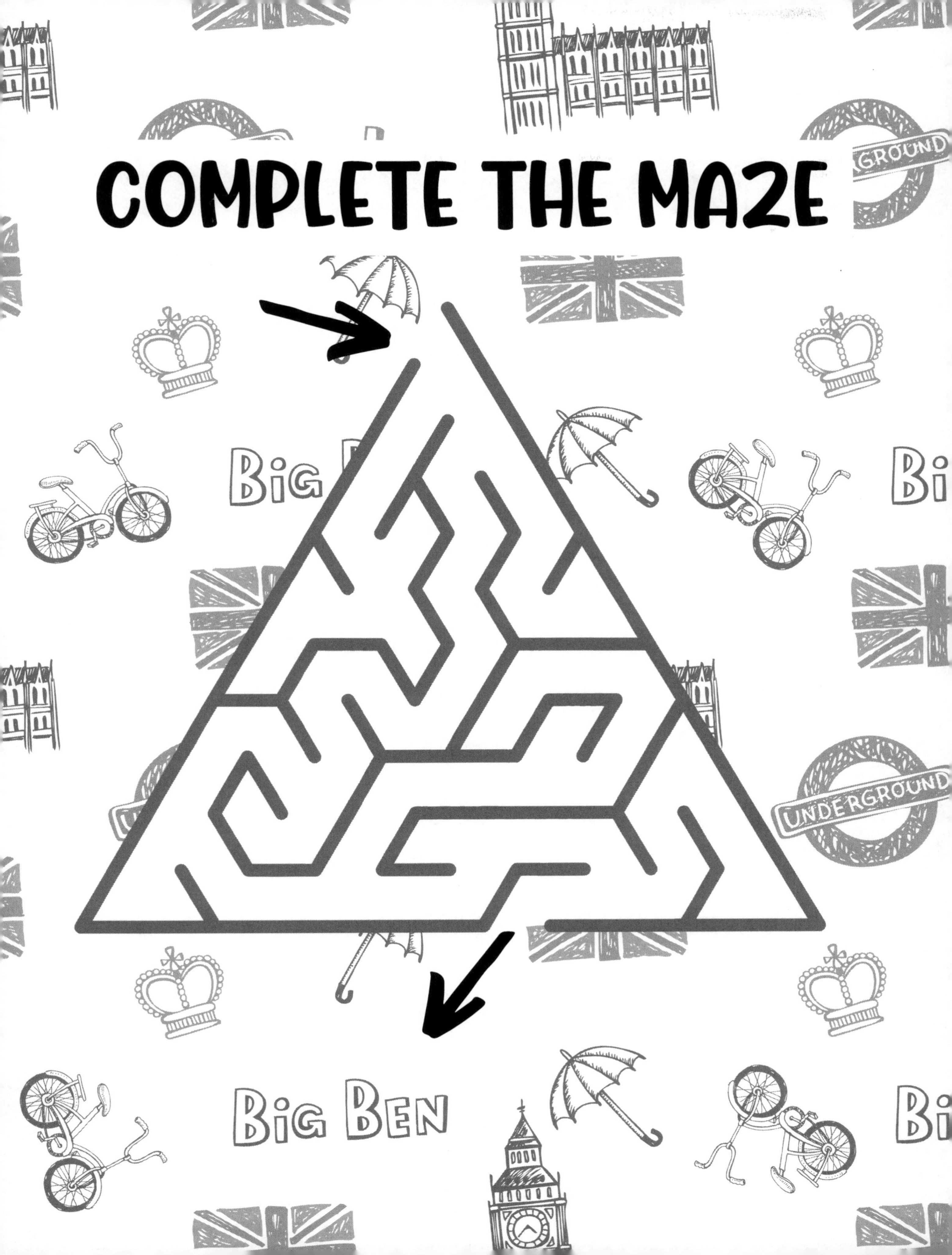

ASK A GROWN UP TO SEE IF THEY CAN HELP IF YOU ARE STUCK

MORE STATIONS

J	H	O	L	B	O	R	N	O	C	U	K	G	A	A	L
M	X	K	K	G	A	L	P	W	F	D	I	E	G	Y	T
R	V	P	E	V	C	N	I	U	X	R	V	X	Z	M	D
U	N	Y	S	Q	I	V	O	P	Z	R	C	V	C	O	D
K	P	C	I	T	C	C	C	G	P	S	I	E	D	N	Y
X	K	C	A	A	O	A	T	E	Y	Y	S	K	L	U	S
N	V	E	E	N	E	C	M	O	G	G	K	H	P	M	K
W	E	X	N	P	A	T	K	D	R	Q	H	Z	Z	E	C
V	E	R	S	N	G	R	N	W	E	I	J	S	L	N	W
M	A	R	W	B	I	O	Y	H	E	N	A	P	D	T	U
L	W	G	S	H	T	N	V	W	C	L	T	D	Y	T	P
L	Z	O	V	X	L	T	G	M	H	M	L	O	D	H	N
Z	G	K	I	U	Z	Q	U	T	V	A	T	D	W	O	X
T	Q	R	F	E	F	Y	K	T	O	I	R	K	H	N	L
U	B	A	T	Z	S	P	M	Q	O	N	W	F	D	M	R
L	L	E	Q	X	D	H	Q	G	A	H	C	T	T	L	E

BRIXTON
CANARY WHARF
KENNINGTON
STOCKWELL

CAMDEN TOWN
HOLBORN
MONUMENT
VICTORIA

HAVE YOU BEEN TO ANY?

COMPLETE THE MAZE

THE TUBE LINES

```
I F O C J R V W V S B D Y Q E H
B M D O C K L A N D S I D C G Q
S E S B M F D V Q O Y S S A T C
N T F Y A N R N T I Q T C Q E O
U R D E L X C X D F J R B Z M W
V O Q Z T K L C S S D I R C R T
T P L E Z P O P E Q I C B A T J
S O W N V O J B I X S T J P O K
D L I T O I L U A C J E R H K P
W I X U Y R C X B K A K G H M X
O T D R D Z T T N I E D C Y W F
J O Q E Q E U H O C L R I W A N
B N C L M L O M E R J E L L Q N
F V X T K T J W Y R I P E O L B
N W J F V K F Z W O N A H O O Y
T V T G U R H Z Q Y F E O M X W
```

BAKERLOO	DISTRICT
DOCKLANDS	JUBILEE
METROPOLITON	NORTHERN
PICADILLY	VICTORIA

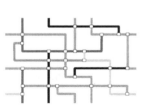

 ASK A GROWN UP TO SEE IF THEY
CAN HELP IF YOU ARE STUCK

COMPLETE THE MAZE

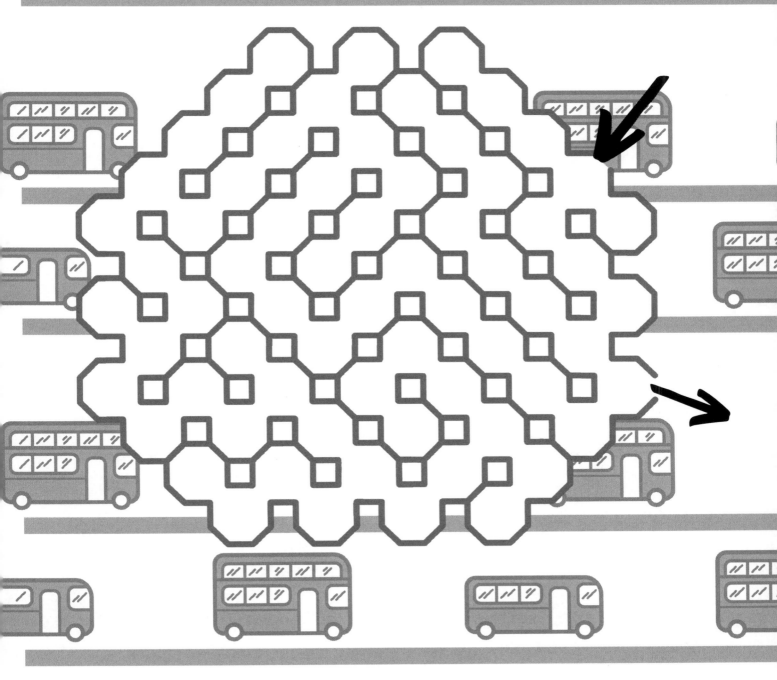

 # FIND THE WORDS

```
Y O C I F S V Y X R A R F J P V
X C X M B D E B P G U A R D X E
V M C S B L I P T O K B Q N Q L
V P R B U P A G J L G R O Q J U
G Z S E S Y Y C C L C S T R U O
N U X J F P A I K R Z P F F I K
B W A L Z X Y Z W C O P J W F Q
L S B F H Z Q U E A A W D O C H
C B D I X J R C L R K B N X H V
V K I Z G H Q Q C O Z I O G I L
P Q N O J B O U P P N V C A P N
R M Q R V M E B E B D D C H S Z
B G C Z K E T N T E L F O T Q A
V V T J U D L V C J N D Q N T S
V Q P T W S G H T I L A K Z B Y
A S S K E H R I P G K W K T Z U
```

BIG BEN
BUS
CROWN
LONDON

BLACK CAB
CHIPS
GUARD
QUEEN

 ASK A GROWN UP TO SEE IF THEY
CAN HELP IF YOU ARE STUCK

COMPLETE THE MAZE

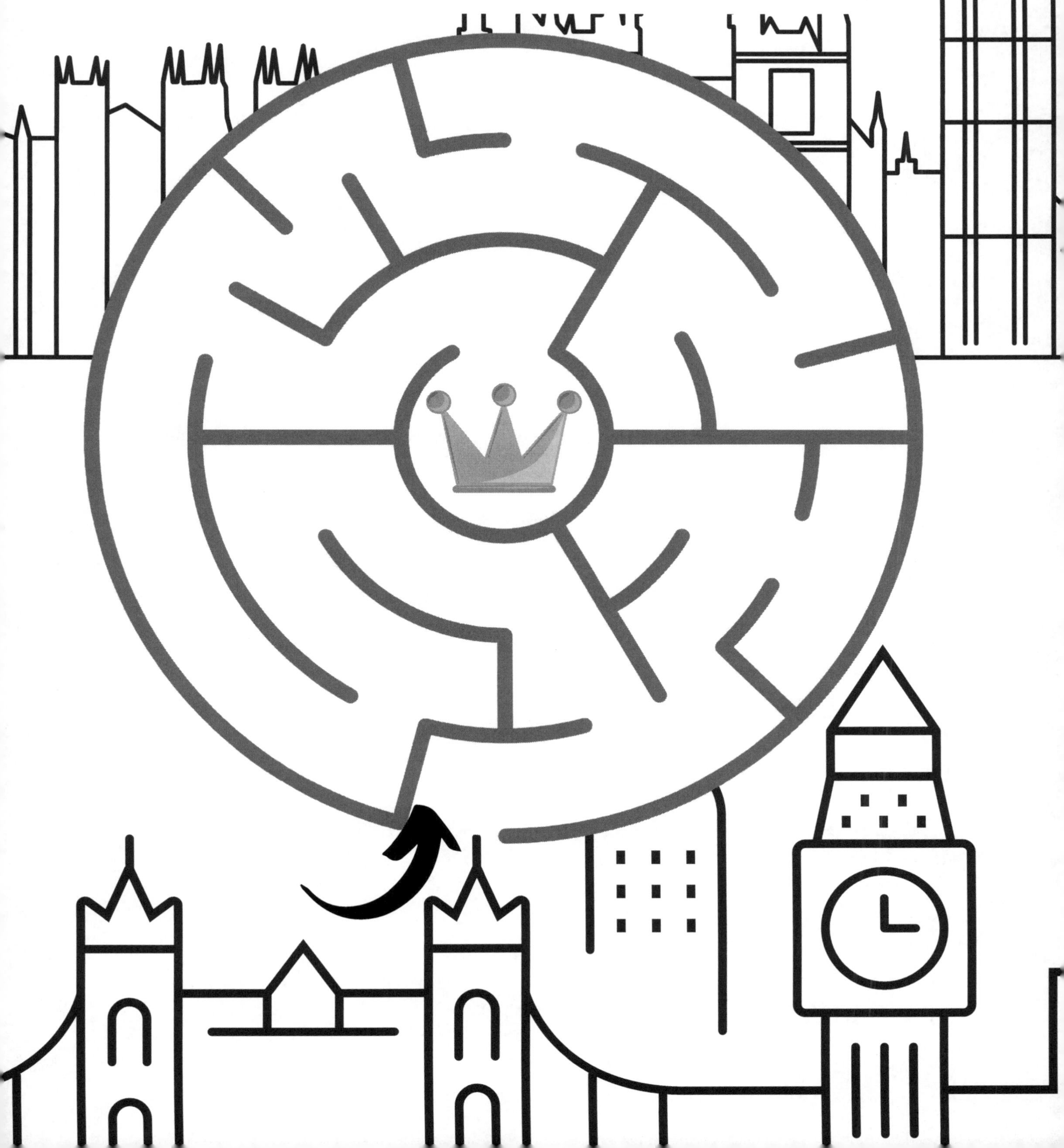

COMPLETE THE MAZE

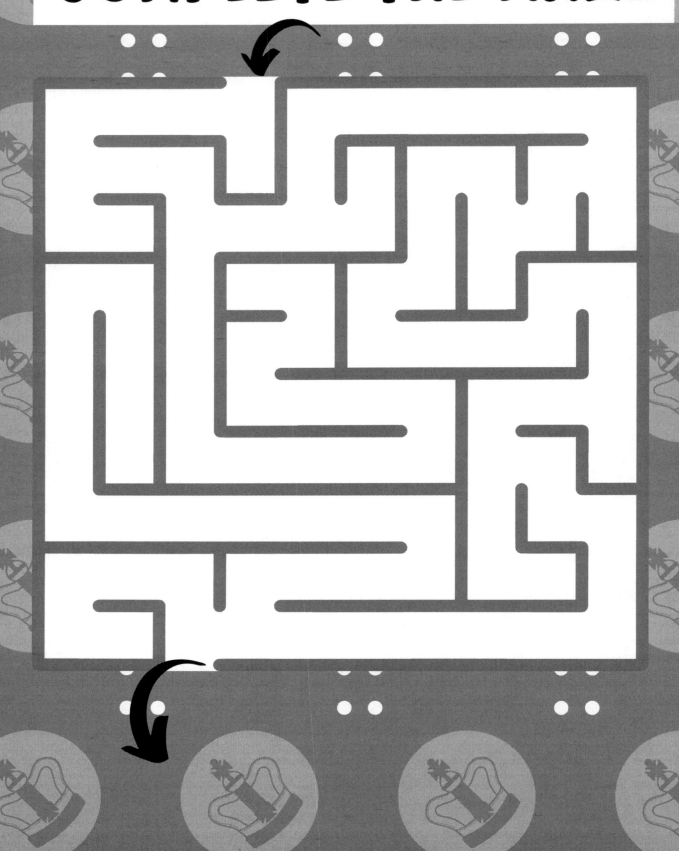

THE LONDON UNDERGROUND

```
U Q X E A C Y Y C N J B N Q L W
L B O N D S T R E E T T D O E R
I K Y X E B O F L C V G Y K I H
V O I A L F Z M Y F E H C Q C J
E W D N N M P D K F V N U P S I
R Y A B G M P C E U Z M T V T I
P Y Q T R S B H L K G H T D E U
O M W E E V C W S J W V Y P R A
O P N M S R G R S L D D A F S L
L D V O P T L M O R G Z M H Q G
S P V X O H F O H S Y B N D U I
T R R J P Q R B O X S U J V A M
R U Y W A K F T B A N K U R R S
E U S T O N A O U R E V X Y E G
E W N M O X F O R D S T R E E T
T D R I Z D H K W K R I B A Z U
```

BANK
EUSTON
LEICSTER SQUARE
OXFORD STREET

BOND STREET
KINGS CROSS
LIVERPOOL STREET
WATERLOO

**ASK A GROWN UP TO SEE IF THEY
CAN HELP IF YOU ARE STUCK**

COMPLETE THE MAZE

COMPLETE THE MAZE

TEST YOUR ADDITION SKILLS

1)
```
   15
+  10
-----
```

2)
```
   23
+  64
-----
```

3)
```
   13
+  74
-----
```

4)
```
   62
+  20
-----
```

5)
```
   62
+  33
-----
```

6)
```
   21
+  22
-----
```

7)
```
   64
+  15
-----
```

8)
```
   32
+  47
-----
```

9)
```
   13
+  46
-----
```

10)
```
   52
+  14
-----
```

11)
```
   31
+  35
-----
```

12)
```
   11
+  17
-----
```

13)
```
   11
+  18
-----
```

14)
```
   44
+  24
-----
```

15)
```
   25
+  70
-----
```

16)
```
   38
+  41
-----
```

17)
```
   21
+  62
-----
```

18)
```
   15
+  31
-----
```

19)
```
   14
+  24
-----
```

20)
```
   32
+  31
-----
```

TEST YOUR SUBTRACTION SKILLS

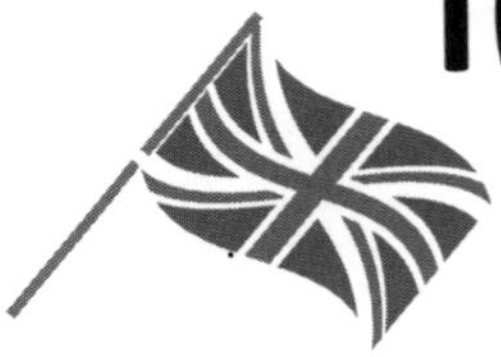

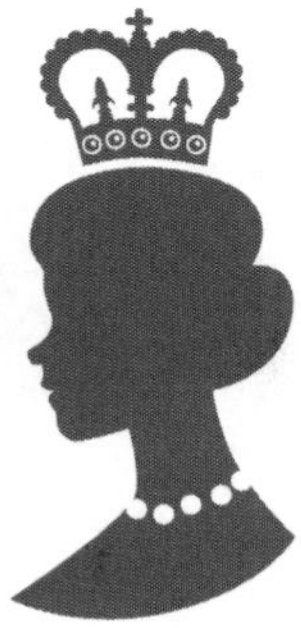

1) 87 − 62	2) 76 − 22	3) 88 − 62	4) 96 − 62
5) 75 − 61	6) 84 − 62	7) 46 − 12	8) 88 − 37
9) 98 − 35	10) 98 − 80	11) 49 − 21	12) 96 − 11
13) 87 − 36	14) 79 − 63	15) 73 − 21	16) 87 − 72
17) 97 − 60	18) 88 − 61	19) 66 − 54	20) 72 − 60

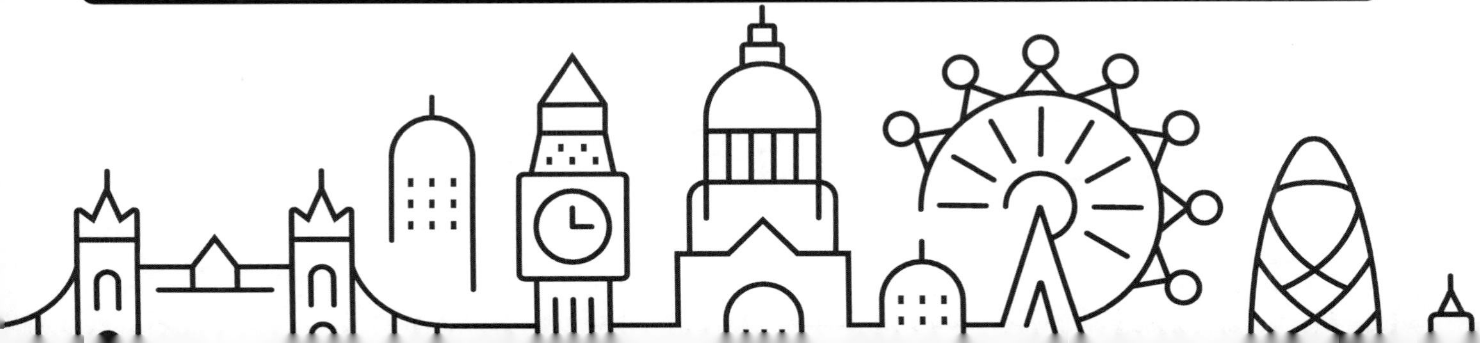

TEST YOUR ADDITION SKILLS

1)
```
   36
 + 53
```

2)
```
   31
 + 64
```

3)
```
   50
 + 23
```

4)
```
   58
 + 41
```

5)
```
   41
 + 14
```

6)
```
   64
 + 25
```

7)
```
   35
 + 33
```

8)
```
   60
 + 13
```

9)
```
   30
 + 47
```

10)
```
   23
 + 33
```

11)
```
   61
 + 30
```

12)
```
   23
 + 60
```

13)
```
   70
 + 27
```

14)
```
   39
 + 40
```

15)
```
   34
 + 25
```

16)
```
   51
 + 13
```

17)
```
   46
 + 11
```

18)
```
   83
 + 14
```

19)
```
   31
 + 35
```

20)
```
   31
 + 14
```

TEST YOUR SUBTRACTION SKILLS

NORTH AIRLINES

LON
LONDON, U.K.

STRAP-CHECK
NA 378-789

1)
$$79 - 51$$

2)
$$78 - 35$$

3)
$$57 - 22$$

4)
$$95 - 82$$

5)
$$29 - 17$$

6)
$$94 - 23$$

7)
$$79 - 47$$

8)
$$65 - 34$$

9)
$$79 - 16$$

10)
$$85 - 30$$

11)
$$52 - 31$$

12)
$$65 - 11$$

13)
$$54 - 22$$

14)
$$59 - 47$$

15)
$$99 - 70$$

16)
$$59 - 17$$

17)
$$87 - 50$$

18)
$$98 - 53$$

19)
$$58 - 21$$

20)
$$85 - 20$$

Solution 1

Solution 2

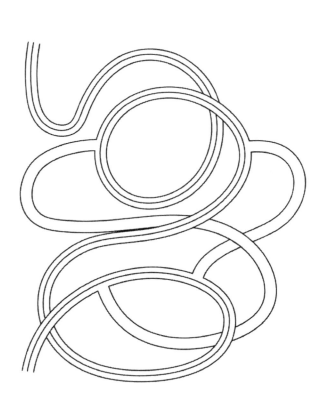

Solution 3

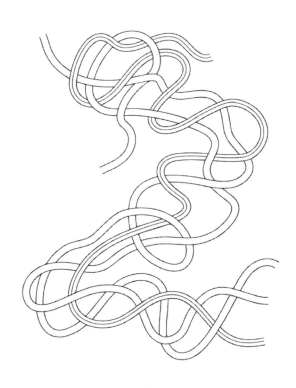

Solution 4

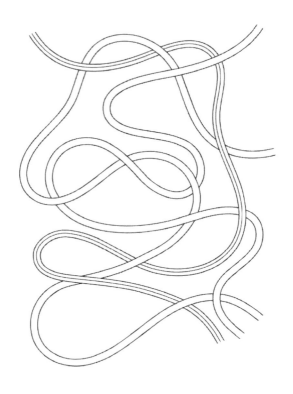

Solution 5

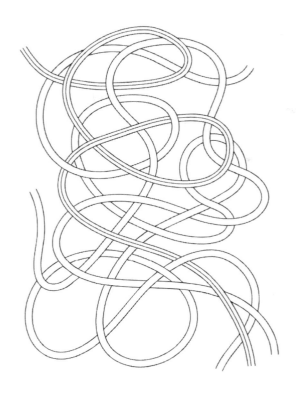

Solution 6

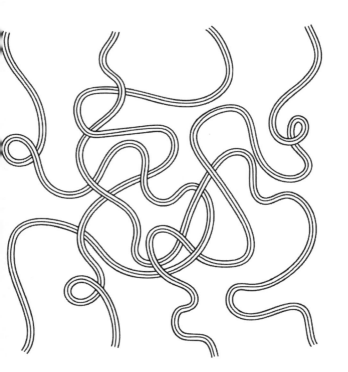

Solution 7

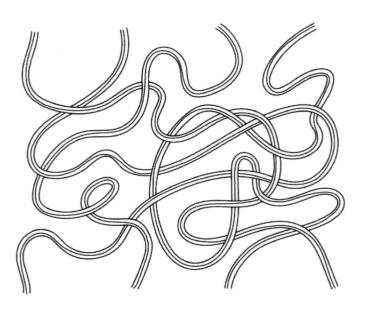

Solution 8

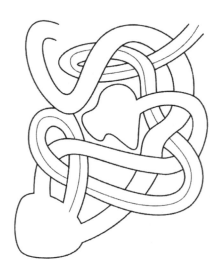

Solution 9

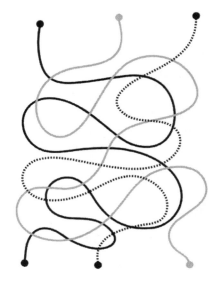

Solution 10

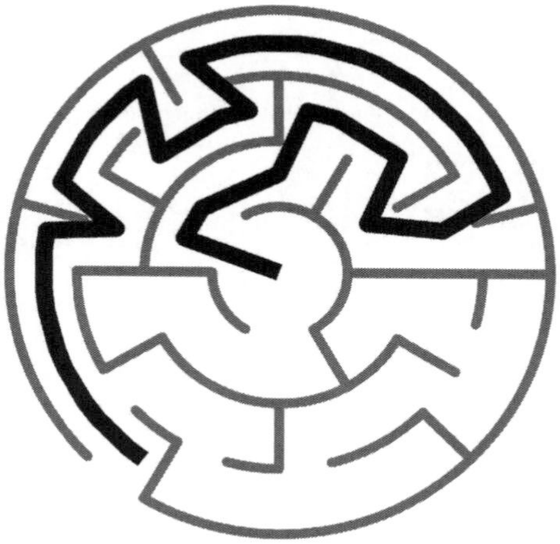
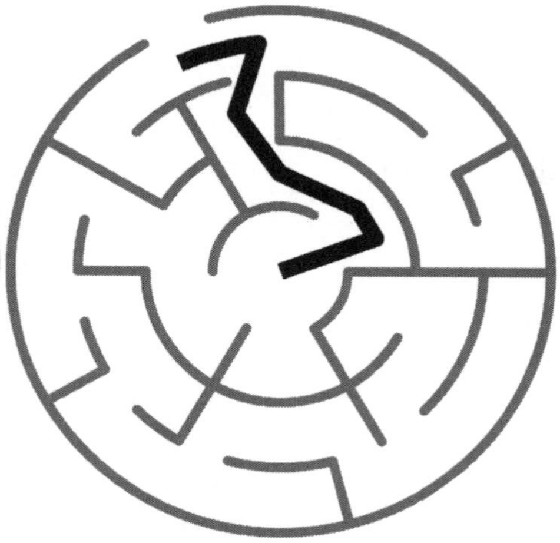
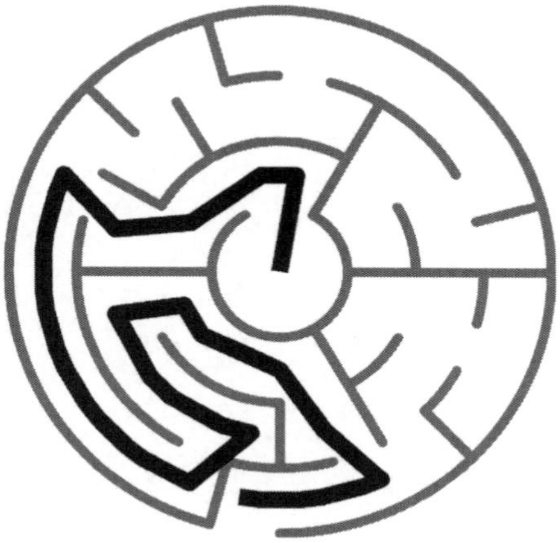
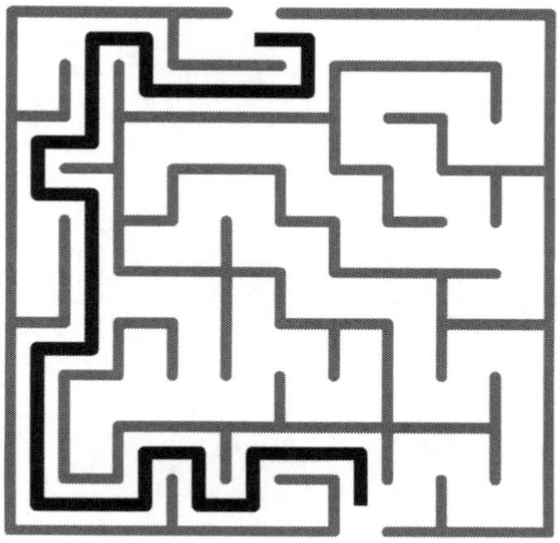
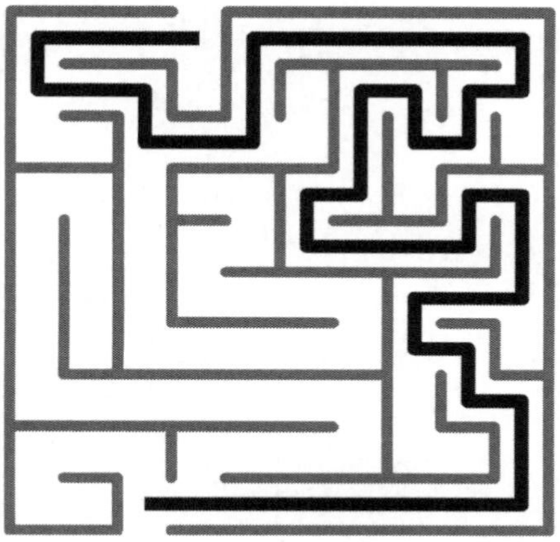
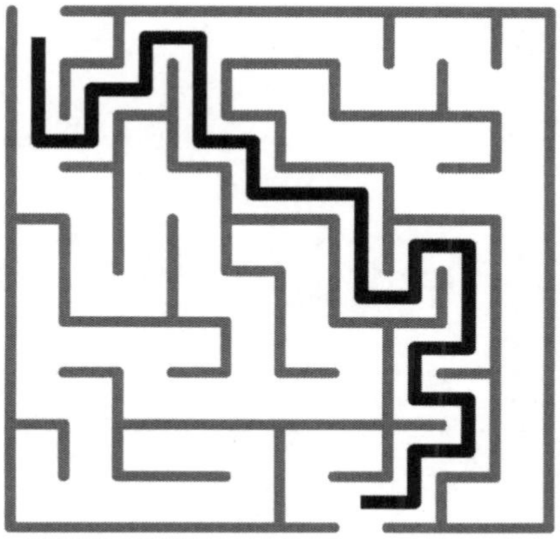
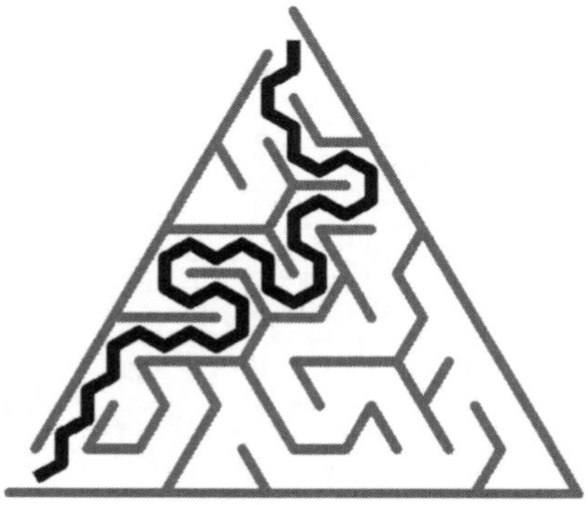
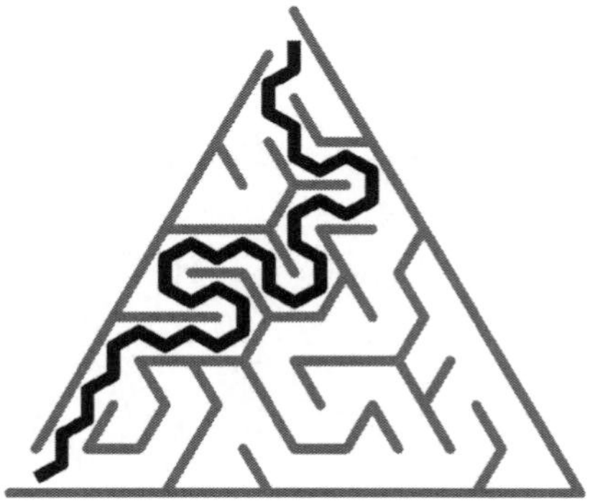
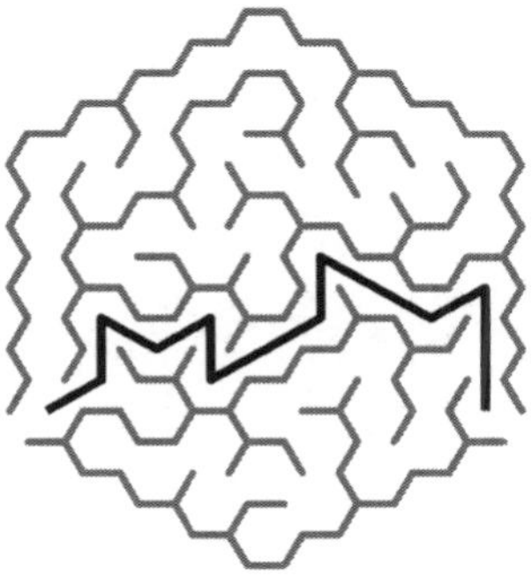
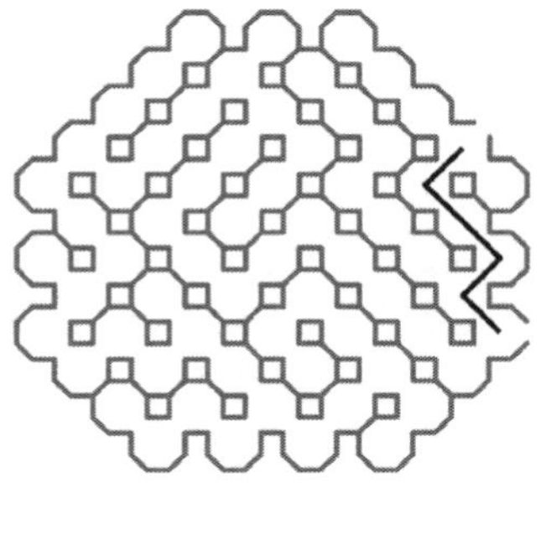

MORE STATIONS

J	H	O	L	B	O	R	N	O	C	U	K	G	A	A	L
M	X	K	K	G	A	L	P	W	F	D	I	E	G	Y	T
R	V	P	E	V	C	N	I	U	X	R	V	X	Z	M	D
U	N	Y	S	Q	I	V	O	P	Z	R	C	V	C	O	D
K	P	C	I	T	C	C	C	G	P	S	I	E	D	N	Y
X	K	C	A	A	O	A	T	E	Y	Y	S	K	L	U	S
N	V	E	E	N	E	C	M	O	G	G	K	H	P	M	K
W	E	X	N	P	A	T	K	D	R	Q	H	Z	Z	E	C
V	E	R	S	N	G	R	N	W	E	I	J	S	L	N	W
M	A	R	W	B	I	O	Y	H	E	N	A	P	D	T	U
L	W	G	S	H	T	N	V	W	C	L	T	D	Y	T	P
L	Z	O	V	X	L	T	G	M	H	M	L	O	D	H	N
Z	G	K	I	U	Z	Q	U	T	V	A	T	D	W	O	X
T	Q	R	F	E	F	Y	K	T	O	I	R	K	H	N	L
U	B	A	T	Z	S	P	M	Q	O	N	W	F	D	M	R
L	L	E	Q	X	D	H	Q	G	A	H	C	T	T	L	E

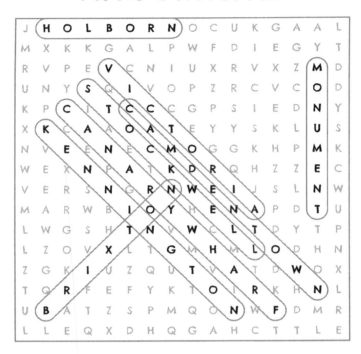

LONDON UNDERGROUND

U	Q	X	E	A	C	Y	Y	C	N	J	B	N	Q	L	W
L	B	O	N	D	S	T	R	E	E	T	T	D	O	E	R
I	K	Y	X	E	B	O	F	L	C	V	G	Y	K	I	H
V	O	I	A	L	F	Z	M	Y	F	E	H	C	Q	C	J
E	W	D	N	N	M	P	D	K	F	V	N	U	P	S	I
R	Y	A	B	G	M	P	C	E	U	Z	M	T	V	T	I
P	Y	Q	T	R	S	B	H	L	K	G	H	T	D	E	U
O	M	W	E	E	V	C	W	S	J	W	V	Y	P	R	A
O	P	N	M	S	R	G	R	S	L	D	D	A	F	S	L
L	D	V	O	P	T	L	M	O	R	G	Z	M	H	Q	G
S	P	V	X	O	H	F	O	H	S	Y	B	N	D	U	I
T	R	R	J	P	Q	R	B	O	X	S	U	J	V	A	M
R	U	Y	W	A	K	F	T	B	A	N	K	U	R	R	S
E	U	S	T	O	N	A	O	U	R	E	V	X	Y	E	G
E	W	N	M	O	X	F	O	R	D	S	T	R	E	E	T
T	D	R	I	Z	D	H	K	W	K	R	I	B	A	Z	U

FIND THE WORDS

Y	O	C	I	F	S	V	Y	X	R	A	R	F	J	P	V
X	C	X	M	B	D	E	B	P	G	U	A	R	D	X	E
V	M	C	S	B	L	I	P	T	O	K	B	Q	N	Q	L
V	P	R	B	U	P	A	G	J	L	G	R	O	Q	J	U
G	Z	S	E	S	Y	Y	C	C	L	C	S	T	R	U	O
N	U	X	J	F	P	A	I	K	R	Z	P	F	F	I	K
B	W	A	L	Z	X	Y	Z	W	C	O	P	J	W	F	Q
L	S	B	F	H	Z	Q	U	E	A	A	W	D	O	C	H
C	B	D	I	X	J	R	C	L	R	K	B	N	X	H	V
V	K	I	Z	G	H	Q	Q	C	O	Z	I	O	G	I	L
P	Q	N	O	J	B	O	U	P	P	N	V	C	A	P	N
R	M	Q	R	V	M	E	B	E	B	D	D	C	H	S	Z
B	G	C	Z	K	E	T	N	T	E	L	F	O	T	Q	A
V	V	T	J	U	D	L	V	C	J	N	D	Q	N	T	S
V	Q	P	T	W	S	G	H	T	I	L	A	K	Z	B	Y
A	S	S	K	E	H	R	I	P	G	K	W	K	T	Z	U

THE TUBE LINES

I	F	O	C	J	R	V	W	V	S	B	D	Y	Q	E	H
B	M	D	O	C	K	L	A	N	D	S	I	D	C	G	Q
S	E	S	B	M	F	D	V	Q	O	Y	S	S	A	T	C
N	T	F	Y	A	N	R	N	T	I	Q	T	C	Q	E	O
U	R	D	E	L	X	C	X	D	F	J	R	B	Z	M	W
V	O	Q	Z	T	K	L	C	S	S	D	I	R	C	R	T
T	P	L	E	Z	P	O	P	E	Q	I	C	B	A	T	J
S	O	W	N	V	O	J	B	I	X	S	T	J	P	O	K
D	L	I	T	O	I	L	U	A	C	J	E	R	H	K	P
W	I	X	U	Y	R	C	X	B	K	A	K	G	H	M	X
O	T	D	R	D	Z	T	T	N	I	E	D	C	Y	W	F
J	O	Q	E	Q	E	U	H	O	C	L	R	I	W	A	N
B	N	C	L	M	L	O	M	E	R	J	E	L	L	Q	N
F	V	X	T	K	T	J	W	Y	R	I	P	E	O	L	B
N	W	J	F	V	K	F	Z	W	O	N	A	H	O	O	Y
T	V	T	G	U	R	H	Z	Q	Y	F	E	O	M	X	W

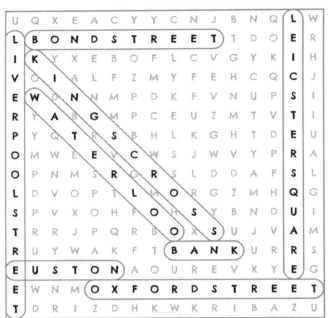

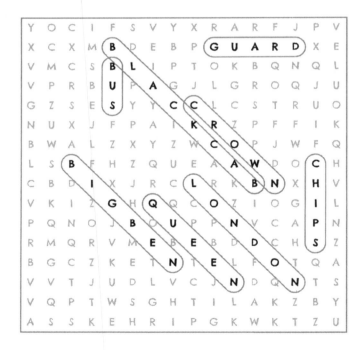

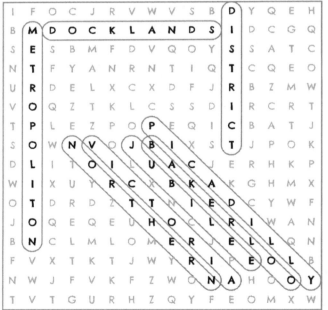

LONDON

S	Y	B	J	Y	D	J	L	H	T	W	N	P	G	N	X
O	U	G	F	D	C	O	P	U	B	Y	S	I	L	L	H
H	P	Y	E	I	X	O	H	H	M	H	F	O	D	M	U
D	W	L	J	J	S	S	P	M	O	O	P	P	L	A	C
J	Y	D	Y	A	I	H	P	G	Z	N	Q	O	Y	H	I
U	P	Z	W	T	O	L	T	K	K	R	E	T	E	W	K
N	W	F	I	L	U	F	V	N	V	D	K	B	A	Q	J
T	V	R	G	N	V	P	S	L	C	T	Y	J	O	I	G
X	B	O	L	O	N	D	O	N	T	U	B	E	S	X	G
U	D	U	X	K	D	Y	Z	T	A	X	I	Q	M	F	X
N	I	X	Y	I	F	O	U	B	K	L	X	V	N	M	L
Q	Q	N	Z	P	X	T	E	Q	B	W	F	K	W	P	W
D	V	Z	S	M	C	H	I	P	S	P	U	B	M	N	J
F	Y	H	H	F	Z	R	L	C	Y	V	I	L	C	D	G
N	A	R	O	Y	A	L	G	U	A	R	D	G	R	E	E
A	Q	Z	Y	C	L	V	L	B	B	H	M	S	C	P	S

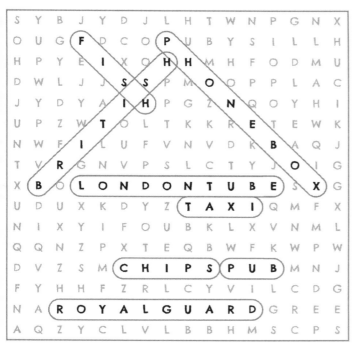

HAVE YOU BEEN TO ANY OF THESE PLACES?

T	P	S	B	Y	Z	T	D	R	E	T	O	O	K	C	N
T	G	F	C	E	Y	R	K	Q	Y	X	C	R	A	H	N
B	U	C	K	I	N	G	H	A	M	P	A	L	A	C	E
S	L	K	E	R	E	Q	L	A	M	P	H	H	V	M	H
W	V	K	B	T	O	N	R	Z	E	V	G	E	U	U	D
C	Q	U	G	V	S	U	C	D	A	V	U	E	T	O	A
T	J	S	X	X	V	W	Y	E	G	A	S	R	B	N	F
V	Z	E	H	R	F	H	Z	P	M	U	N	Y	I	Y	M
J	C	O	J	A	E	I	X	V	M	U	V	E	T	R	N
L	H	U	I	P	R	X	K	H	Z	F	S	R	B	W	P
G	I	P	R	S	N	D	S	J	V	K	G	E	L	H	E
Z	Y	T	M	W	N	I	N	F	W	Z	P	Y	U	X	D
J	I	Y	O	V	T	Y	M	C	N	U	B	K	V	M	A
C	K	R	O	I	T	C	H	U	R	C	H	B	I	E	A
U	C	A	R	K	Z	E	L	O	N	D	O	N	E	Y	E
B	A	B	O	H	X	A	L	V	L	B	G	T	E	V	K

CAN YOU FIND THESE WORDS?

B	W	T	C	F	I	B	R	L	S	G	S	H	E	E	P
C	Q	K	W	D	W	X	R	I	Q	K	U	R	X	W	J
E	Q	S	B	R	O	R	D	J	J	N	E	H	V	V	U
C	J	R	E	X	Y	C	X	E	S	P	E	P	X	K	N
Y	V	H	M	W	A	R	H	W	S	H	R	T	E	A	I
U	R	J	A	A	V	N	J	E	U	C	Z	W	M	R	I
O	I	V	J	M	F	A	K	L	V	B	L	X	N	J	O
V	E	J	Z	N	I	A	O	S	G	L	I	J	N	E	N
R	K	F	N	N	H	F	V	N	A	Q	Z	I	Y	A	J
G	T	H	V	S	L	I	I	B	K	O	B	E	C	Y	A
H	T	B	P	T	Z	K	T	Z	R	A	T	K	S	J	C
T	E	Y	U	J	M	O	M	T	F	V	A	V	B	C	K
M	C	S	R	Y	O	U	G	L	J	J	X	N	X	C	W
M	D	N	S	F	Q	T	N	G	V	K	M	B	L	T	E
L	O	N	D	O	N	B	R	I	D	G	E	V	J	J	J
U	J	H	Y	J	N	F	H	E	Q	L	Y	G	O	Y	B

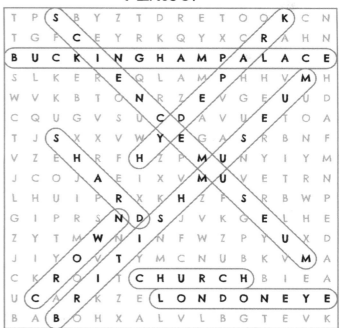

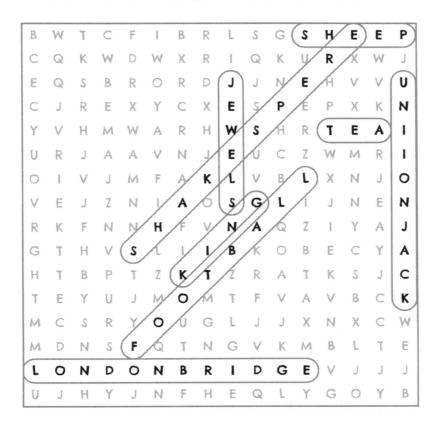

ADDITION SOLUTION

1)
36
+ 53
89

2)
31
+ 64
95

3)
50
+ 23
73

4)
58
+ 41
99

5)
41
+ 14
55

6)
64
+ 25
89

7)
35
+ 33
68

8)
60
+ 13
73

9)
30
+ 47
77

10)
23
+ 33
56

11)
61
+ 30
91

12)
23
+ 60
83

13)
70
+ 27
97

14)
39
+ 40
79

15)
34
+ 25
59

16)
51
+ 13
64

17)
46
+ 11
57

18)
83
+ 14
97

19)
31
+ 35
66

20)
31
+ 14
45

SUBTRACTION SOLUTION

1)
87
− 62
25

2)
76
− 22
54

3)
88
− 62
26

4)
96
− 62
34

5)
75
− 61
14

6)
84
− 62
22

7)
46
− 12
34

8)
88
− 37
51

9)
98
− 35
63

10)
98
− 80
18

11)
49
− 21
28

12)
96
− 11
85

13)
87
− 36
51

14)
79
− 63
16

15)
73
− 21
52

16)
87
− 72
15

17)
97
− 60
37

18)
88
− 61
27

19)
66
− 54
12

20)
72
− 60
12

---

1)
15
+ 10
25

2)
23
+ 64
87

3)
13
+ 74
87

4)
62
+ 20
82

5)
62
+ 33
95

6)
21
+ 22
43

7)
64
+ 15
79

8)
32
+ 47
79

9)
13
+ 46
59

10)
52
+ 14
66

11)
31
+ 35
66

12)
11
+ 17
28

13)
11
+ 18
29

14)
44
+ 24
68

15)
25
+ 70
95

16)
38
+ 41
79

17)
21
+ 62
83

18)
15
+ 31
46

19)
14
+ 24
38

20)
32
+ 31
63

---

1)
79
− 51
28

2)
78
− 35
43

3)
57
− 22
35

4)
95
− 82
13

5)
29
− 17
12

6)
94
− 23
71

7)
79
− 47
32

8)
65
− 34
31

9)
79
− 16
63

10)
85
− 30
55

11)
52
− 31
21

12)
65
− 11
54

13)
54
− 22
32

14)
59
− 47
12

15)
99
− 70
29

16)
59
− 17
42

17)
87
− 50
37

18)
98
− 53
45

19)
58
− 21
37

20)
85
− 20
65

Printed in Great Britain
by Amazon

28381345R00046